석·박사 논문
작성법 꿀팁

Master's &
Doctoral
THESIS
HACKS

본 도서는 서울대학교 행정대학원의 연구비 지원을 받았으며, 서울대학교 행정대학원의 고길곤 교수, 나종민 교수, 김윤지 교수, 김봉환 교수, 이진수 교수의 감수를 필하였습니다.

석·박사논문 작성법 꿀팁
Master's & Doctoral
THESIS HACKS

초판 1쇄 발행 2022년 2월 28일
3쇄 발행 2024년 2월 26일

지은이 · 조민혜, 조민재, 조병호
펴낸곳 · 도서출판 통독원
편집 : 박지영
디자인 · 전민영

주소 · 서울시 강남구 선릉로 806
전화 · 02)525-7794 팩 스 · 02)587-7794
홈페이지 · www.tongbooks.com
등록 · 제21-503호(1993.10.28)

ISBN 979-11-90540-39-1 93800

석·박사 논문
작성법 꿀팁

Master's &
Doctoral
THESIS
HACKS

조민혜 박사, 조민재 박사, 조병호 박사 지음
By a Father & Two Daughters, all with PhDs

감수 : 고길곤 교수, 나종민 교수, 김윤지 교수, 김봉환 교수, 이진수 교수

통독원

Prologue ▮▮

The act of 'writing something' as opposed to speaking is 'creating art through literature'. Unlike speech, which is a voice language that systematically expresses a person's thoughts through sound, writing is an expression of thought with specific meaning or purpose in letters. Literature, which is generally expressed in writing rather than in sound, is divided into poetry, novels, essays, plays, and critique.

Specifically, the type of writing we are dealing with here is a 'thesis'– a very unique field of writing in which the author systematically writes up his or her research findings, justifications, and arguments in a logical and consistent format on a particular topic. Both 'thesis' and 'dissertation' are used and in some cases, a thesis is used to refer to a Master's research and a dissertation to a Doctoral research. However, as both terms are widely used and can cause confusion, this book will use the term 'thesis' to refer to both the Master's and Doctoral research study. The structure of a thesis is also more or less fixed with a title, abstract, table of contents, introduction, body text, conclusion, bibliography, and sometimes an appendix.

말이 아닌 '글을 쓴다는 것'은 '문학적인 행위로 예술을 한다는 것'입니다. 글이란 사람의 생각을 발음 기관을 통하여 조직적으로 나타내는 음성 언어인 말과 달리 특정한 의미나 목적을 가진 내용을 글자로 표현하는 것입니다. 일반적으로 말이 아닌 글로 표현되는 문학은 시, 소설, 에세이, 희곡, 평론 등으로 구분됩니다.

　　우리가 다루고자 하는 '논문'은 매우 독특한 분야의 글입니다. '논문'은 어떠한 주제에 대해 글쓴이가 자신의 학문적 연구 결과나 의견, 주장을 논리에 맞게, 일관성 있게, 그리고 일정한 형식에 맞추어 체계적으로 쓰는 글입니다. 논문을 지칭하는 용어에는 'thesis' 와 'dissertation'이 있습니다. 어떤 경우에는 'thesis'가 석사 논문을 가리키고, 어떤 경우에는 'dissertation'이 박사 논문을 가리키기도 합니다. 두 용어는 폭넓게 사용되고 있는 용어이므로 이 책에서는 석·박사 논문을 가리키는 용어로 'thesis'를 사용하겠습니다. 또한 논문은 보편적으로는 논문의 제목, 초록, 목차, 서론, 본론, 결론, 그리고 참고 문헌 목록으로 구성되며 여기에 부록이 첨가되기도 합니다.

At the earliest, a thesis is first written at the end of one's undergraduate degree. During the undergraduate degree, students are expected to produce short essays, and this naturally leads to training on how to write a full thesis. But strictly speaking, an essay and a thesis are two very different things. This is because a thesis is an original piece of work by a researcher.

This book reveals the methodology for writing a thesis to obtain a Master's or Doctoral degree, as well as a collection of know-how in its process. However, this book has a slightly different perspective to what is available in the market in terms of 'how to write a thesis.' Rather than explaining every section of what should be included in a thesis, this is more a collection of hacks and tips on what each chapter in broad terms should entail.

In truth, students who are writing their Master's or Doctoral thesis find that there is a lack of guidance on the 'how to' process. All three writers of this book faced similar difficulties when writing up the thesis. Thus, we reflected on our hardships and the tips we gained to overcome them along the way and crafted it into this book. Hopefully, this book will be a practical guide (hacks) for researchers from their initial planning stage to just before the examination.

일반적으로 논문은 대학을 졸업하면서 본인이 학부과정에서 전공한 것을 정리하면서 처음 쓰게 되는 글입니다. 그렇게 대학에서의 전 과정과 논문까지 통과하면 학사 학위를 취득하게 됩니다. 학생들은 학부과정 중에 자연스럽게 에세이(한국에서는 리포트) 쓰는 훈련을 체득합니다. 이때의 훈련이 논문을 작성하는 데 큰 도움이 됩니다. 하지만 엄밀하게 말하면 에세이와 논문은 또 다른 영역이라 할 수 있습니다. 논문은 독창적인 연구자의 연구 결과이기 때문입니다.

이 책은 석사와 박사 학위 논문을 쓰는 방법론이자 동시에 학위 논문을 쓰는 노하우를 담은 책입니다. 우리(세 명의 저자)는 기존에 나와 있는 수많은 논문 작성법 책과는 다른 시점에서 이 책을 썼습니다. 논문을 구성하는 모든 소제목을 다루기보다는, 논문을 완성하는 곳곳에 필요한 노하우를 제공하는 것에 초점을 맞추었습니다.

사실 연구자들이 석·박사 학위 논문을 작성하고자 할 때 어떻게 하면 논문을 잘 쓸 수 있는지 이를 이끌어주는 실제적인 가이드가 부족함을 많이 느낍니다. 우리(세 명의 저자) 역시 논문을 작성할 때 비슷한 어려움을 종종 느꼈기에 같은 고민을 할 연구자들에게 도움을 주고자 그때의 고민을 되짚어보며 집필에 임했습니다. 그때의 어려움을 극복했던 경험과 팁들을 이 책에 넣으려 최대한 노력했습니다. 이 책이 연구자들에게 논문 주제를 선택하는 시점부터 논문 심사 단계까지 계속 참고할 수 있는 실질적인 길라잡이(꿀팁)가 되기를 바랍니다.

The first author is Dr. Minhye Zoh (Financial Law – *The Institutionalisation of Disclosure and Supervision Practices in the Corporate Governance System of South Korea*). The second author is Dr. Minjae Zoh (Heritage Studies – *The Impacts of Authorised Dictatorial Discourse on Heritage Management – Case Study: South Korea's Military Dictatorship Era 1961-1988*), and the third author is Dr. Byoungho Zoh (Historical Theology – *A History of the Christian Student Movements*). The decision to number the authors in this way was taken seriously that required several rounds of coffee meetings, negotiations, and finally a settlement.

Despite our different academic backgrounds and training, we came together to discuss the general components involved in writing a Master's and Doctoral thesis. In doing so, we focused on providing know-how and examples of where students often go wrong regarding the general procedure of writing a thesis in the following procedures: structuring, critical literature review, theoretical framework, methodology, findings, conclusions, and interpretations based on personal challenges and experiences. Moreover, specific examples of the 'dos' and 'donts' are provided to aid a better understanding of what should and should not be included in a thesis.

Accordingly, this book purports to be a guide to students who are preparing to write a Master's or Doctoral thesis in the humanities and social sciences, students who are in the process of writing their theses, and their supervisors.

이 책은 세 명의 저자가 함께 썼습니다. 제1저자는 조민혜 박사(법경제학, 〈기업 지배구조의 공시 및 감독관행의 제도화〉)입니다. 제2저자는 조민재 박사(고고학/유산학, 〈권위적 독재 담론이 헤리티지 관리에 미치는 영향〉)이고, 제3저자는 조병호 박사(역사신학, 〈기독학생 운동사〉)입니다. 저자의 순위를 정하는 결정은 매우 중요한 일이었기 때문에, 세 명의 저자는 여러 차례 심각한(?) 커피 회동을 통해 협상하고 최종 합의를 거쳐 저자 순위를 결정했음을 이 자리를 통해 공식적으로 밝히는 바입니다.

세 명의 저자는 서로 다른 학문 분야에서 공부하며 석사 학위와 박사 학위를 취득했습니다. 서로 세부 분야는 다르지만 석·박사 학위 논문이 공통으로 갖추어야 할 부분은 일정 부분 같아서 이에 대해 의견을 나누고, 분담하여 작업을 진행했습니다. 석·박사 학위 논문으로서 자격을 갖추어야 할 부분, 즉 논문의 구조, 비평적 참고 문헌 검토, 이론적 프레임워크, 방법론, 조사 결과 작성, 해석과 분석 등의 중요한 요소들을 구성해 나갈 때 연구자들이 반드시 지켜야 할 부분과 오류를 범하기 쉬운 부분 등에 초점을 맞추어 노하우를 제공했습니다. 더 나아가 연구자들이 더욱 효과적으로 이해할 수 있도록 논문을 작성할 때 좋은 모범으로 참고할 수 있는 실례와 흔히 범할 수 있는 실수의 실례 등을 예시로 들어 설명했습니다.

그래서 이 책은 인문학과 사회과학 분야에서 석·박사 학위 논문을 쓰고자 준비하는 학생들과 현재 논문을 쓰고 있는 학생들, 그리고 논문을 지도하는 교수님께도 도움이 되는 책입니다.

Particularly, the three authors of this book are all members of one family (a father and his two daughters), meaning that there is some kindness hidden in the pages despite it being on the serious writing-up process of a thesis. Also, we all received our Masters (SOAS University of London, University College London, University of Edinburgh) and Ph.D.s. (SOAS University of London, University of Cambridge, University of Birmingham) in the U.K., and so this book is hoped to be of assistance especially to those writing their theses in English.

To the supervisors of the three authors, thank you for guiding us on the journey of our Masters and Ph.D.s, of which without the contents of this book would have remained top-secret between academics. As current and prospective supervisors, it is our utmost pleasure to share our experiences, despair, and some dark humour with you.

Thank you to Prof. Kilkon Ko, Prof. Jongmin Na, Prof. Yunji Kim, Prof. Bonghwan Kim, and Prof. Jeansoo Rhee for providing comments on this book for use as a guidebook for students at the Graduate School of Public Administration at Seoul National University.

Authors Minhye Zoh, Minjae Zoh, and Byoungho Zoh

특히 이 책의 저자 세 명은 모두 한 가족 구성원(아버지와 두 딸)이기 때문에 논문이라는 딱딱한 주제를 다루고 있음에도 불구하고 생각보다 따뜻한 글을 쓰려고 노력했습니다. 그리고 세 명 모두 영국 대학교에서 석사(런던 SOAS대학교, 런던UCL대학교, 에딘버러대학교)와 박사(런던SOAS대학교, 케임브리지대학교, 버밍엄대학교) 학위를 취득했기 때문에 특히 영어로 논문을 쓰는 분들께 도움이 될 것입니다.

이 자리를 빌려, 저자들의 지도교수님들께 존경과 감사의 말을 전합니다. 그분들의 도움으로 어쩌면 평생 학자들만의 비밀로 간직할 뻔한 이 책의 내용을 출판할 수 있었습니다. 세 명의 저자는 현재 그리고 미래의 지도교수들로서, 이 책을 통해 독자 여러분들과 그동안의 경험, 고뇌 그리고 약간의 블랙 유머를 나눌 수 있게 되어 기쁩니다.

끝으로 이 책이 서울대학교 행정대학원의 교재로 사용되도록 감수해주신 고길곤 교수님, 나종민 교수님, 김윤지 교수님, 김봉환 교수님, 이진수 교수님께 감사를 드립니다.

세 명의 저자 조민혜, 조민재, 조병호

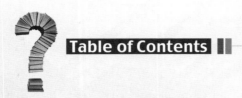

Table of Contents

들어가면서

I

Planning and
Structuring your Thesis

학위 논문을 위한
계획 및 구성

Mapping out your Research

The first step to any type of writing is to plan what you intend to write. This can be in the form of scribbles, sketches, spider diagrams, etc. Naturally, having embarked on a Master's or Doctoral studies, you will have some idea of what you want to write about. That being said, finding your research topic and gathering ideas of how to phrase your research question is your role, not your supervisor's. This is because, as will be explained in further depth later on, research is your own work with your question, theory, methodology, findings, and conclusions.

Generally speaking, if a student wishes to study beyond the undergraduate level, then he or she can embark on a Master's programme once they fulfill certain conditions set by the university. If one wants to embark on further study, depending on the country and university, the process can differ.

For example, in the U.K. and some countries, students are enrolled in their Master's or Doctoral course only after their research proposal is accepted by the supervisor. This research proposal reveals the potential of that student to complete a thesis. Thus, students are only enrolled in the Master's programme after they prove their potential to write 10,000 to 15,000 words or the Doctoral programme after they prove their potential to write 50,000 to 80,000 words.

논문 구성 스케치

모든 유형의 글쓰기에서 그 첫 번째 단계는 쓰고자 하는 내용을 계획하는 것입니다. 글을 쓰려고 하는 사람은 먼저 낙서, 스케치, 표 등 다양한 형태로 자기 생각을 표현해보기 시작합니다. 연구자 또한 당연히 석사과정 또는 박사과정을 시작하기 전에 무엇을 쓰고 싶은지에 대한 아이디어가 있었을 것입니다. 여기서 주목할 점은, 연구할 주제를 찾고 아이디어를 모아 연구 질문을 구성하는 것은 연구자의 몫이지, 지도교수의 몫이 아니라는 것입니다. 나중에 더 자세히 설명하겠지만, '연구'란 연구자가 직접 연구 질문, 이론, 방법론, 결과, 그리고 결론까지 구성하고 작성하는 것입니다.

일반적으로 학부과정을 마치고 학생이 연구를 더 깊이 하기 원한다면 대학원이 요구하는 자격 요건을 통과한 후 석사과정에 진입할 수 있습니다. 더욱 연구하기 원한다면 석사과정을 마친 후 박사과정에 들어가면 됩니다. 이때 국가마다, 대학마다 다른 교육 시스템을 가지고 있으므로 연구자는 자신이 원하는 과정에 진입하기 위해 해당 국가, 해당 대학이 요구하는 자격 요건을 잘 갖추어야 할 것입니다.

한 예로 영국을 비롯한 몇몇 나라에서는 학생이 지도교수에게 논문계획서(research proposal)를 제출하고 인정받아야 석사 또는 박사과정으로 진입할 수 있습니다. 학생이 제출한 논문계획서는 그 학생이 앞으로 석사 또는 박사과정을 성공적으로 마칠 수 있다는 가능성의 증거로 사용됩니다. 즉, 지도교수는 입학 전에 학생이 제출한 논문계획서를 보고 그 학생이 석사과정에 진학하여 10,000자에서 15,000자 정도의 석사 논문을, 또는 박사과정에 진학하여 50,000자에서 80,000자 정도의 박사 논문을 완성할 수 있는 능력을 갖추었는지 확인하여 입학을 허락합니다.

The process of writing up a Master's thesis may involve several discussions with your supervisor at the initial planning stage, where your supervisor can review certain sections from time to time prior to submission. However, it is not the role of your supervisor during a Master's to critically read and review your whole thesis several times before submission. On the other hand, the Doctoral process is about understanding you will be told that your ideas/writing needs to be revised, deleted, relocated, and rewritten multiple times until even just before submission, and that you will have guidance from your supervisor from the beginning to the end. Passing your Doctoral thesis and receiving the Doctoral degree is being granted the right to become an independent researcher. To be granted this right, students must receive full supervision under a qualified researcher. Specifically, your supervisor needs to tell you "no, no, no." until the end regarding your writing before receiving this right yourself. However, your supervisor can only begin to supervise you if you produce some sort of plan. This means that you need to put your ideas into written form. A supervisor's role is to provide direction based on your writing, not some idea that is inside your head.

The core of any thesis is the research question. It is common for students to struggle when coming up with a research question or a statement for research. There are a few steps you can take to map out your research as efficiently as possible. We have five steps to share with you.

석사과정생은 석사 논문을 쓰는 초입 단계, 즉 논문을 계획하고 구성하는 단계에서 지도교수와 여러 번의 미팅을 가집니다. 이를 토대로 논문 작성을 시작하여 논문을 쓰면서 진행하는 부분 부분을 지도교수에게 제출하여 확인을 받습니다. 그러나 석사과정에서는 지도교수가 석사과정생의 논문을 처음부터 끝까지 여러 번 읽고 지적해주지는 않습니다. 박사과정은 석사과정과 다릅니다. 박사과정은 논문을 제출하기 직전까지 아이디어/글을 여러 번 수정, 삭제, 재배치하고, 다시 작성해야 하는데, 이때 처음부터 끝까지 지도교수의 지도를 받는다는 것을 인정하는 과정입니다. 박사 논문을 통과하고 학위를 받는다는 것은 앞으로 연구자가 독립적으로 연구할 수 있는 자격을 부여받는 것입니다. 이 자격을 얻기 위해 연구자는 이미 검증된 박사의 지도를 최종적으로 받아야 합니다. 다시 말해, 지도교수의 "아니오, 아니오, 아니오."라는 감수의 말을 끝까지 들어야 누구나 인정하는 박사가 될 수 있습니다. 그런데 지도교수는 연구자가 글을 써 왔을 때에만 감수를 해줄 수 있습니다. 그래서 연구자는 자신의 아이디어를 잘 정리해 지도교수가 이해할 수 있도록 글로 써서 가져가야 합니다. 지도교수의 논문 지도란, 연구자의 글을 보고 지도해주는 것이지 연구자의 머릿속에 있는 아이디어를 듣고 지도해주는 것이 아니기 때문입니다.

어떤 논문이든 논문의 핵심은 연구 질문을 구성하는 것입니다. 연구자들은 연구 질문을 구성할 때 어려움을 겪습니다. 그러나 이는 연구자가 흔히 겪을 수 있는 일입니다. 더 수월하게 연구 질문을 진행할 수 있는 팁을 드린다면, 연구 질문을 구성하기 위해 연구 계획을 세울 때 다음 다섯 단계를 고려해볼 것을 추천합니다.

The first is to break it down. Students generally have a broad idea of what they want to research but often, the struggle is to come up with a specific research question or a statement for the thesis. A thesis, whether Master's or Doctoral, is a piece of study that focuses on a specific problem or an issue within the wider field of your academic area.

Let's look at an example. You can be interested in 'heritage' and more specifically 'Korean heritage.' This does not mean that your research is about Korean heritage. The research can broadly be about Korean heritage, but it should deal with a specific issue within the topic of Korean heritage. To break it down, it can start from 'Korean heritage' to 'the management of Korean heritage,' then to 'political management of heritage,' and then to 'a dictator's management of heritage for political goals.' As such, it is best to break down a topic into smaller parts so that you can pinpoint exactly what issue you want to deal with. Think of an upside-down triangle with a broad topic on the top, and then work your way down to the tip with the final research interest/question.

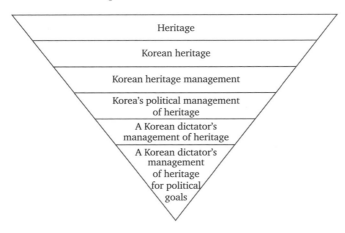

먼저 분해해보는 단계입니다. 연구자가 논문을 통해 풀고자 하는 광범위한 주제를 보다 세분하여 나누어보는 것입니다. 일반적으로 연구자는 자신이 연구하고 싶은 것에 대해 폭넓은 아이디어는 가지고 있지만, 정작 자신이 논문을 쓰고 싶은 연구 질문을 구체적으로 찾아가는 데에는 어려움을 겪습니다. 석사 논문이든 박사 논문이든 논문은 광범위한 분야에서 세분화된 일부 특정 문제에 초점을 맞추어 결론을 도출해낸 연구 결과물입니다.

예를 들어 설명해보겠습니다. 연구자의 학문 분야가 '유산학'이라고 한다면, 이때 연구자는 '한국의 유산' 전반에 관한 것을 논문의 연구 질문으로 삼아서는 안 됩니다. 물론 광범위하게 한국의 유산에 관해 논할 수는 있겠지만, 연구자는 반드시 한국의 유산 안에서 세분화된 어느 특정 분야를 연구해야 합니다. '한국의 유산' 분야라면, 그중에서도 '한국의 유산 관리' 분야로 한 단계 더 생각하고, '정치적 유산 관리, 경영 관리'로 주제 키워드를 집중하고, 이를 위해 금번 논문에서는 '독재자의 정치적 목적을 위한 유산 관리'를 연구하겠다고 생각해야 합니다. 이처럼 연구자는 광범위한 주제가 아닌 더 작은 세분화된 분야로 시선을 돌려야 한다는 사실을 잊어서는 안 됩니다. 아래의 역삼각형 표를 참고해보면 더욱 이해가 쉬울 것입니다. 연구자는 가장 상단에 가장 큰 주제를 놓고, 아래 단계로 내려가면서 한 단계 더 세분화하여 논문의 연구 질문을 찾아야 합니다.

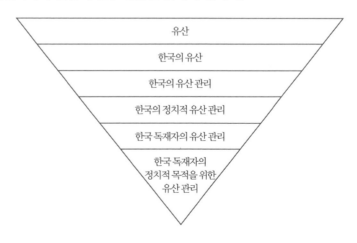

유산
한국의 유산
한국의 유산 관리
한국의 정치적 유산 관리
한국 독재자의 유산 관리
한국 독재자의 정치적 목적을 위한 유산 관리

This leads to the second step which is to be specific when formulating your research question. A thesis is a sharp and critical piece of work. Being specific in terms of the problem you are addressing, the data you are using, the methodology you are choosing should all be specific and catered towards your broken down topic of interest.

The third step is to be realistic. This again interlinks to the first two points as a thesis cannot address everything. So be realistic about your topic in terms of feasibility and the contribution you hope to make.

The fourth step is writing out your research topic and then forming it into an actual research question. Try writing down what you have broken down whilst being as specific as possible and then make that statement into a question. This can turn out to be a few questions, which in this case you want to select the governing and underlying question followed by supporting questions.

The fifth step is to make sure that your thesis is driven by your research question. A good solid thesis poses a problem within a discipline, asks a question, finds suitable tools to address that question, and concludes with insights on this issue. In other words, when mapping out your research, you should ensure that your research asks and answers the research question.

두 번째, 연구 질문은 구체적이어야 합니다. 논문은 날카롭고 비판적인 작업의 결과물입니다. 연구자는 자신이 해결하고 싶은 연구 질문이 무엇인지, 이를 위해 어떤 데이터를 선택하여 분석할 것인지, 사용하고자 하는 방법론이 어떠한지 구체적이고 정확하게 구성해야 합니다. 연구 질문은 연구자의 세분화된 관심 주제에 구체적으로 맞춰져야 합니다.

세 번째 단계는 현실적으로 접근하는 것입니다. 한 논문이 전공 분야의 모든 문제를 다룰 수는 없으므로 연구자는 자신의 논문을 통해 실현할 수 있는 연구 질문을 명확히 정해야 합니다. 이는 앞에 설명한 두 단계와 연결됩니다. 자신의 연구 질문이 실현 가능성이 있는 질문인지, 학문적 기여를 이룰 수 있는 주제인지 현실적인 접근이 필요한 것입니다.

네 번째 단계는 연구자가 정한 연구 주제를 질문으로 만들어보는 것입니다. 여기에서는 최대한 구체적이고 비판적으로 질문을 만들어보는 것이 핵심입니다. 이 과정을 진행할 때 하나의 질문이 나올 수도 있고, 여러 가지 질문이 나올 수도 있습니다. 여러 질문이 나올 때는 핵심 질문을 먼저 찾고, 핵심 질문을 뒷받침할 수 있는 소질문들로 구성해볼 것을 추천합니다.

다섯 번째는 자신이 선택한 연구 질문에 의해 논문의 전 과정이 진행되고 있는지 확인하는 단계입니다. 완성도 높은 논문은 한 분야에서 문제를 제기하여 연구 질문을 던지고, 연구 질문을 해결하기 위한 적절한 도구를 찾은 후, 연구 질문에 대한 통찰력으로 결론을 내릴 수 있는 논문입니다. 다시 말해, 연구자가 연구 질문을 구성하는 것은 자신의 연구 분야에서 연구 질문을 도출하고, 그 질문을 해결할 수 있는 답을 찾아내는 과정입니다.

Research Proposal

The first thing that your university and supervisor will see of your mapped-out research will be your research proposal. The research proposal is important as it can show your university and supervisor what interests you have and what kind of plan you have mapped out. Writing out the research proposal can be overwhelming, so we have briefly outlined how you can go about starting your research proposal.

Writing up a solid proposal can help you demonstrate how and why your research is relevant to your field and show the feasibility of your research in terms of timeline, opted data, and the contribution you hope to make. Remember that your research proposal does not have to be 'perfect' or 'complete' as you have not yet conducted any research. What it should show, however, is that you have given thought to a problem in your field and that you have some understanding at this point of the existing works relating to your field.

The length of your research proposal will vary according to your university regulations but can typically range between 2 to 6 pages. Depending on your selected university and its requirements, you may be asked to complete a form that breaks down the questions, or you may be asked to simply submit a document containing your research proposal. It is always a good idea to check this either online or by e-mailing your university department directly.

논문계획서

학위 논문의 첫 관문은 연구자의 논문계획서를 대학과 지도교수에게 제출하여 허락을 받는 과정입니다. 논문계획서는 연구자가 어떤 주제에 관심이 있는지, 어떤 계획을 세우고 있는지 대학과 지도교수에게 소개하는 자료 즉 연구자의 연구 소개서와 같습니다. 그러므로 연구자는 논문계획서를 매우 중요하게 생각하면서 작성해야 합니다. 짧은 글 안에 자신의 연구 계획을 담아 설명하는 것은 부담스러운 작업이므로 논문계획서 작성은 사실 쉽지 않습니다. 연구자가 이 과정을 좀 더 수월하게 접근할 수 있도록 '논문계획서를 작성하는 방법'에 대해 간략하게 설명하겠습니다.

쉽게 말하자면, 완성도 높은 논문계획서란 연구자가 선택한 연구 분야가 해당 연구 분야에 어떻게 연관성이 있는지, 연구를 위해 사용할 기간과 데이터가 무엇인지, 연구자가 논문을 통해 학문적 기여를 이룰 수 있는 타당성이 있는지 보여줄 수 있어야 합니다. 이때 연구자는 아직 연구를 수행하기 전이기 때문에 논문계획서가 '완벽'하거나, '완성도'가 높지 않아도 된다는 사실을 기억할 필요가 있습니다. 다만, 연구자는 논문계획서를 통해 해당 분야에 대해 깊이 생각해왔고, 현재 시점을 기준으로 그동안 연구되어온 기존 연구들에 대해 충분히 이해하고 있다는 것을 보여주어야 합니다.

논문계획서의 길이는 대학에 따라 다르지만, 일반적으로 논문계획서의 분량은 2~6페이지 사이입니다. 논문계획서의 형식 또한 대학과 기관마다 다를 것입니다. 예를 들어 대학이 정한 구체적인 질문 형식으로 논문계획서를 요구하는 경우도 있고, 연구자의 자율에 맡겨 자유롭게 논문계획서 제출을 요구하는 경우도 있습니다. 그러므로 연구자는 반드시 대학의 요강을 확인하거나, 해당 부서에 직접 이메일을 보내 확인하는 과정을 거쳐 명확히 해두어야 합니다.

A standard research proposal should contain the following:

- Introduction (a brief introduction of your topic, stating the problem you wish to address and providing some context for your research)

- Motivations for your research (explaining why your research is necessary and how it relates to existing research in your field)

- Brief literature review (this section should include existing works related to your field and the sources you intend to use. Having a strong literature review will enable you to demonstrate a good understanding of your topic as well as help you to point out the original contribution you aim to make to your field of research).

- Research design (this section includes the methods you plan to use (e.g., the type(s) of data, case studies, etc.) and a feasible outline of your research schedule. Here, you may wish to include your expected timeline for research as well as the budget (if any).

- Conclusion (a summary of your research proposal that once again states the purpose of your study)

- Bibliography (listing all the sources you have mentioned in your literature review and in-text citations if any).

일반적으로 논문계획서에는 다음의 세부 정보들이 포함되어 있어야 합니다.

- **서론** : 연구 주제를 간략하게 소개하고, 이를 위해 해결해야 할 문제를 언급하고, 연구를 위한 몇 가지 내용을 기재합니다.

- **연구 동기** : 자신의 연구가 왜 필요한지 그 이유와 자신의 연구가 해당 분야의 기존 연구와 어떻게 관련되어 있는지 설명합니다.

- **간략한 연구 내용 고찰** : 연구자의 분야와 관련된 기존의 연구들과 앞으로 연구하고자 하는 내용을 기재합니다. 기존 연구들의 검토와 간략한 연구 내용 기술을 통해 연구자가 관련 연구들에 대해 잘 이해하고 있음을 입증할 수 있을 뿐만 아니라, 향후 연구자가 해당 분야에 어떤 기여를 하고 싶은지 일차적으로 보여줄 수 있습니다.

- **연구 계획** : 연구를 위해 사용할 방법(예 : 데이터 유형, 사례 연구 유형 등)과 연구 일정에 대한 개요를 포함하여 기재합니다. 연구 계획 부분에는 예산과 연구 예상 일정표까지 포함할 수 있습니다.

- **결론** : 연구 계획을 간략하게 요약하고, 다시 한번 연구 목적을 기술합니다.

- **참고 문헌** : 언급한 참고 문헌과 인용 자료의 모든 출처를 나열합니다.

Difference between a Report, Essay, and Thesis

Before explaining what you should be doing during the planning and structuring process, let's consider the difference between a report, essay, and thesis to examine what is expected of you during the writing-up process. It is important to distinguish between these three types of writing because students are required to use all three types to complete their thesis. For example, students need to write in report format in writing up the suggested future directions of research and use an essay format after structuring their research questions to answer those questions.

A report requires delivering the facts clearly to potential readers. Simply put, your opinions are irrelevant. A clear, coherent, and simple writing style is expected when writing a report since the most important function is to deliver information accurately and promptly.

On the other hand, an essay requires answering a given question with your interpretations and opinions. With an essay, the marker expects you to derive a certain conclusion with some justification for your answer.

Then how does a Master's or Doctoral thesis differ from a report or an essay? A Doctoral (and to some degree a Master's) thesis involves asking and answering your own research question by testing theories, applying methodologies, analysing your findings, and justifying your interpretations. More specifically, a Doctoral thesis is the outcome of an understanding of a specific field through both theory and practice.

리포트와 에세이, 그리고 학위 논문의 차이

학위 논문의 계획 및 구성 과정에서 연구자가 무엇을 해야 하는지 설명하기 전에 리포트(report)와 에세이(essay), 그리고 학위 논문(thesis)은 각각 어떤 차이가 있는지 먼저 살펴보겠습니다. 논문을 작성할 때 리포트, 에세이, 학위 논문 형식을 모두 사용하기 때문에 연구자들은 세 가지 형식의 글을 구별할 수 있어야 합니다. 예를 들어, 논문의 향후 연구 방향을 제시하는 과정에서는 리포트 형식으로 글을 작성해야 하고, 연구 질문을 형성한 다음에는 크게 에세이 형식으로 글을 풀어나가야 합니다.

먼저 리포트란, 사실관계를 정확하게 보고하는 말 그대로 보고서입니다. 리포트는 글쓴이의 의견을 쓰는 것이 아니라, 그 리포트를 읽는 상대에게 '사실'을 명확하게 전달하는 것이 목적인 글입니다. 그러므로 리포트를 작성할 때 가장 중요한 것은 정확한 정보를 적절한 시기에 전달하는 것입니다. 이를 위해 일관성 있고 간단한 작문 스타일을 사용하는 것이 바람직합니다.

한편, 에세이는 주어진 질문에 글쓴이가 자신의 해석과 의견을 가지고 질문의 답을 찾아가는 글입니다. 평가를 받기 위해 에세이를 제출하는 경우, 채점하는 사람은 글쓴이가 문제 해결을 위해 자신의 주장을 가지고 특정 결론을 도출해내기를 기대합니다.

그렇다면 학위 논문은 리포트나 에세이와 어떻게 다를까요? 박사 논문은 이론을 테스트하고, 방법론을 적용하고, 결과를 분석하고, 해석을 정당화함으로써 자신의 연구 질문에 대한 설명과 답변을 서술하는 과정입니다. 석사 논문 또한 이와 엇비슷한 과정으로 진행됩니다. 덧붙여 박사 논문은 이론과 실습을 통해 특정 분야에 대한 새로운 지식을 발견해내는 이해의 산물이라 할 수 있습니다.

Then, what is research? Re-search means to search again, to think again, to find out more about a certain topic. Research is understanding the scope and limitation of what you will study by setting your own boundaries since you cannot in reality write 'everything' under the sun about a certain topic. Research is your own work with your interpretations that add value to an established (or new!) area of study. It is to acknowledge that 'person A' saw this in this way, 'person B' saw it in that way, and you will do it your way with justifications for why your way is necessary. It is about making an original contribution, by adding and contributing to a certain field.

But don't be scared, an original contribution does not mean you have to create something that has never been said or done before; it includes looking at the same thing in a different way, adding to existing observations, or creating a framework that can be applied to analyse similar phenomena in different geographical locations, etc.

✸

The 'What' and the 'Why' Questions

Now that we know what a thesis involves, the next step is to know the difference between the 'what' and the 'why' questions. This is important in the planning and structuring stage of your thesis.

그렇다면 석사 또는 박사 논문을 위한 '연구'란 무엇일까요? '연구' 즉 '리서치(re-search)'란 다시 연구하고, 다시 생각하고, 특정 주제에 대해 더 많이 알아가는 것을 의미합니다. 연구자는 실제로 특정 주제에 대해 태양 아래 존재하는 '모든' 내용을 쓸 수 없습니다. 그러므로 연구는 연구의 경계를 설정하여 연구할 내용의 범위와 한계를 이해하는 작업입니다. 연구는 연구자가 자신이 이룬 연구를 통해 기존(또는 새로운) 연구 영역에 가치를 더하는 작업입니다. 연구는 'A'라는 사람은 이렇게 보았고, 'B'라는 사람은 저렇게 보았다는 것을 서술하고, 연구자의 방법론이 왜 필요한지에 대한 정당성을 가지고 풀어가는 작업입니다. 즉, 연구는 특정 분야에 지식을 추가하고 공헌함으로써 독창적인 학문적 기여를 하는 행위입니다.

하지만 두려워하지 마십시오. 독창적인 학문적 기여가 이전에 없었던 새로운 것을 반드시 만들어내야 한다는 의미는 아닙니다. 연구에는 동일한 것을 다른 방식으로 보는 것, 기존 이론을 가지고 새롭게 관찰한 내용을 추가하는 것, 그리고 다른 지리적 위치 등에서 유사한 현상을 분석하는 데 적용할 수 있는 프레임워크(framework)를 만드는 것도 포함됩니다.

❀
학위 논문을 위한 가장 중요한 질문 – '무엇인가?'와 '왜?'

앞서 학위 논문이 리포트 및 에세이와 어떠한 차이가 있는지 살펴보았습니다. 다음 단계는 '무엇인가?'와 '왜?'라는 질문의 차이점을 아는 것입니다. 이는 논문의 계획 및 구성 단계에서 중요하게 다루어야 할 부분입니다.

First, the 'what' questions involve the phenomenon or topic you want to write about. They are the describing questions. What interests you as a researcher? What is happening, or what has happened? This part includes facts and observations, much similar to that of writing reports. Before attempting to analyse or research anything, the first step is to be aware of your 'what' questions. In your planning stage, make sure you are clear about 'what' you want to research. Clearly describing a phenomenon or your topic of interest is essential before coming up with a research question, since this will establish your motivation for the research.

Second, the 'why' questions explain the relationship between your questions that arose as a result of your observations and your interpretations which are your conclusions. Information and observations gathered from the 'what' questions are used to develop understanding and justifications for 'why' you reached the said conclusion. Therefore, in your structuring stage, be sure to show a logical thought process of how you intend to answer your research questions. It does not have to be a complete draft of an Abstract or a Table of Contents at this stage, but it is useful to have some idea of the chapter titles you want to have in your thesis to show that you are capable of answering the 'why' questions that reveal your potential to conduct a Master's or Doctoral-level research.

첫째, '무엇인가?'라는 질문은 논문을 쓰는 연구자가 쓰고자 하는 현상이나 주제를 말합니다. '연구자로서 관심이 있는 것은 무엇입니까? 무슨 일들이 일어나고 있습니까? 또는 무슨 일이 일어났습니까?'와 같이 논문에서 '무엇인가?'라는 질문은 논문의 주제를 설명하는 질문입니다. 연구자로서 관심을 두는 '무엇인가?'라는 질문은 리포트를 작성할 때와 같이 현상과 관찰을 요구합니다. 어떤 것을 분석하거나 조사하기 전에 연구자가 해야 할 첫 번째 단계는 '무엇인가?'라는 질문을 정확하게 인지하는 것입니다. 그러므로 연구자는 계획 단계에서 조사하려는 '무엇인가?'라는 질문에 대해 명확하게 서술해야 합니다. 연구 질문을 하기 전에 현상이나 관심 주제를 명확하게 설명하는 것이 우선 중요하기 때문입니다. 그래야 연구 동기가 설정됩니다.

둘째, '왜?'라는 질문은 관찰의 결과로 발생한 질문과 결론 부분인 해석 간의 관계를 설명합니다. '무엇인가?'라는 질문을 통해 수집한 정보 및 관찰은 연구자가 특정 결론을 내릴 수 있게 된 '이유'를 이해하는 데, 그리고 그 이유가 타당한지 정당성을 개발하는 데 사용됩니다. 따라서 연구자는 구조화 단계에서 연구 질문에 어떻게 대답할 것인지에 대해 논리적인 사고 과정을 보여야 합니다. 이 단계에서 논문의 초록이나 논문의 목차를 완벽하게 완성할 필요는 없습니다. 그러나 논문에 담고 싶은 각 챕터의 제목에 대한 아이디어는 가지고 있어야 합니다. 지도교수는 연구자가 기술한 각 챕터의 제목에 포함된 '왜?'라는 질문을 통해, 연구자가 앞으로 석사 또는 박사 수준의 연구를 수행할 수 있는지 그 가능성을 보기 때문입니다.

Difference between a Master's and Doctoral Thesis

Regarding the structure, there is not a huge difference between a Master's and Doctoral thesis. They both have an introduction, critical literature review, theoretical framework, methodology, findings, conclusions, and a bibliography. They both draw conclusions derived from the researcher's research question that acts as a contribution to a specific field of study.

Then, what is the difference between a Master's and Doctoral thesis? There are four key differences between a Master's and Doctoral thesis and they are: 1) duration; 2) word length; 3) quantity of data; and 4) depth and scale of contribution. This sounds very obvious, but it is important to know and consider these points as each of them addresses the scale of the scope and limitations you should be working towards depending on whether you are on a Master's or Doctoral level. Your understanding of the four points above should be apparent when writing up your research proposal that sometimes is required by the university when you make the application.

The first is 'duration' and this simply refers to the amount of time you have to plan and write your thesis. Less time is given to writing a Master's thesis than a Doctoral thesis, and this is related to 'word length.'

Although the exact word length that is required may vary depending on your university department regulations, in Korea, an average Master's thesis is generally 40–80 pages, and a Doctoral thesis is usually 100–300 pages. In the U.K., the average Master's thesis is 15,000 words long, and a Doctoral thesis is 80,000 words long.

석사 논문과 박사 논문의 차이점

석사 학위 논문(석사 논문)과 박사 학위 논문(박사 논문)은 그 구조에 있어서 큰 차이가 없습니다. 석·박사 논문은 공통으로 서론, 참고 문헌의 비평적 검토, 이론적 프레임워크, 방법론, 조사 결과 작성, 결론 그리고 참고 문헌 목록 순서로 구성되어 있습니다. 두 논문 모두 연구자의 연구 질문에서 도출한 결과를 작성하여 자신의 연구 분야에 기여하는 글입니다.

그렇다면 석사 논문과 박사 논문의 차이점은 무엇일까요? 석사 논문과 박사 논문에는 네 가지 주요 차이점이 있습니다. 첫째, 기간, 둘째, 단어 자수, 셋째, 데이터의 양, 넷째 기여의 깊이와 규모입니다. 매우 당연하게 들리겠지만, 석사 논문과 박사 논문의 범위와 한계 및 규모를 파악하기 위해서는 이러한 사항들을 자세히 고려하는 것이 중요합니다. 위 네 가지 사항은 각 대학의 요구에 따라 상이할 수 있으므로 논문계획서(research proposal) 단계에서부터 이를 분명히 파악하여 적용할 필요가 있습니다.

첫째 차이점은 논문의 작성 기간입니다. 이는 단순히 논문을 계획하고 작성하는 시간을 나타냅니다. 석사 논문을 작성하는 시간은 당연히 박사 논문 작성 기간보다 짧게 걸립니다. 이는 논문의 '단어 자수'와 관련이 있기 때문입니다.

다음 차이점은 논문을 이루는 단어 자수입니다. 정확한 단어의 자수는 각 대학에 따라 다르지만, 일반적으로 석사 논문은 평균 40~80페이지이고, 박사 논문은 100~300페이지 정도입니다. 영국의 경우에는 석사 논문은 대략 15,000자, 박사 논문은 80,000자 정도입니다.

All students are advised to check the exact word length they are expected to submit. A tip here is to find a few completed theses from your department so that you can get a feel for how many images, figures, tables, and references former students have used in their theses.

The third is 'quantity of data.' An important note here is that less quantity does not mean poor quality – a Master's thesis should aim to use the highest quality of data possible. There is more time to write up a Doctoral thesis compared to a Master's thesis, and there is a significant difference in the word count, meaning that the amount of data will of course be different. Therefore, students are advised to consider the best means of collecting the relevant amount of data to conduct their research.

Lastly, students should note that the depth and scale of the contribution are different for the Master's thesis and Doctoral thesis. Both should aim to contribute to their field, but in the depth and scale that is feasible according to the given duration, word count, and quantity of data used.

In conclusion, the scope and limitations of your thesis would benefit from being guided by the four points above. Having a clear idea of the depth and scale of a thesis is key to formulating a good structure.

논문을 작성하는 모든 이들은 먼저 자신이 제출해야 하는 논문의 정확한 단어의 자수를 확인해야 합니다. 여기에서 더불어 확인해야 할 것은 앞선 연구자들의 논문입니다. 그들이 논문에 얼마나 많은 이미지, 그림, 표, 참고 문헌 등을 사용했는지 확인하기 위해 해당 분야의 완성된 논문 몇 개를 찾아 확인하기를 바랍니다.

셋째 차이점은 '데이터의 양'입니다. 여기서 중요하게 생각할 것은 논문에 쓰인 데이터의 양이 적다고 해서 질적인 부분에 영향이 있으면 안 된다는 것입니다. 연구자는 가능한 양질의 데이터를 사용하는 것을 목표로 해야 합니다. 석사 논문보다 박사 논문을 작성하는 데에는 더 많은 시간이 걸리고, 단어의 자수에도 상당한 차이가 있습니다. 이 때문에 박사 논문에 쓰이는 데이터의 양 또한 물론 다릅니다. 그러나 석사 논문도 예외 없이 양질의 데이터를 사용해야 합니다. 또한, 연구자는 연구를 위해 필요한 가장 적합한 양의 데이터를 어떻게 수집할 것인지 그 방법에 대해서 고려해야 합니다.

마지막으로 연구자는 석사 논문과 박사 논문에 따라 학문적 기여의 깊이와 규모가 다르다는 점에 유의해야 합니다. 둘 다 자신의 학문 분야에 기여할 것을 목표로 연구해야겠지만, 논문 작성을 위해 주어진 기간과 단어 자수와 데이터의 양에 따라 자신의 논문이 실현할 수 있는 학문적 기여도의 깊이와 규모가 있음을 고려하며 논문을 구성해야 합니다.

논문의 범위와 한계는 모두 앞서 설명한 네 가지 사항에 따라 정해지므로 연구자는 학위 논문의 네 가지 항목에 대해 명확한 틀을 가지고 자신의 논문을 구성해야 합니다.

Similarities between a Master's and Doctoral Thesis

In terms of similarities between a Master's and Doctoral thesis, there are three key points: 1) structure; 2) what it entails; and 3) some form of academic contribution.

As already noted, the structure for both a Master's and a Doctoral thesis is similar. They both have an introduction, critical literature review, theoretical framework, methodology, findings, conclusions, and a bibliography. Although the length and depth are different, the structure is very similar.

The second similarity is 'what it entails.' This refers to the procedure. For both a Master's and a Doctoral thesis, students must find a research topic, frame it into a research question, work out its potential contribution considering the existing literature, and develop an appropriate theoretical framework and methodology. Although the scale of the project differs, the steps involved are similar.

The third is 'contribution.' A thesis, both Master's and Doctoral, should present some form of contribution. This could be a literary contribution, a theoretical contribution, a methodological contribution, or a key finding to a particular academic field.

Before digging deeper into the main body of this book, the key tip on 'how to write a good Master's & Doctoral thesis' according to the three writers is as follows.

석사 논문과 박사 논문의 유사점

석·박사 논문의 유사성 측면에서 주목해야 할 사항은 첫째, 구조, 둘째, 연구 접근과 과정, 셋째, 학문적 기여 부분입니다.

앞에서 언급했듯이 석사 논문과 박사 논문의 구조는 공통으로 서론, 참고 문헌의 비평적 검토, 이론적 프레임워크, 방법론, 조사 결과 작성, 결론, 참고 문헌 순서로 구성되어 있습니다. 논문 페이지와 그 깊이는 다르지만, 논문의 구조는 매우 유사합니다.

둘째, 연구 접근과 과정이 유사하다는 점입니다. 이는 논문 완성을 위한 절차가 유사하다는 것입니다. 석사 논문과 박사 논문의 연구자는 모두 자신의 논문을 쓰기 위해 연구 주제를 찾고, 이에 해당하는 연구 질문을 만들고, 기존의 문헌을 고려하여 적절한 이론적 프레임워크와 방법론을 개발하여 조사 결과를 도출합니다. 동시에 자신의 연구 분야에 공헌할 수 있는 잠재적인 기여도를 찾아야 합니다. 다시 말해 논문의 규모는 다르지만 관련된 단계는 비슷하다는 것입니다.

셋째 유사점은 '기여' 부분입니다. 연구자는 어떠한 방법으로든 자신의 연구 분야에 기여했음을 석사 논문과 박사 논문을 통해 제시해야 합니다. 기존 문헌에 추가되는 기여, 이론적 발전에 관한 기여, 방법론적 기여, 기존에 없던 새로운 학문적 발견을 통한 기여 등 기여도의 높고 낮음은 있겠지만 석사 논문과 박사 논문을 쓰는 연구자는 공통으로 논문을 통해 학문적 기여를 이루어야 합니다.

본격적인 전개에 앞서 세 명의 저자가 도출한 '석·박사 논문을 잘 쓰기 위한 가장 중요한 팁' 한 가지는, 바로 이것입니다.

A thesis requires choosing a solid topic, having a decent amount of pressure to make an 'original contribution' in that field, meeting a supervisor who is interested in your work, collecting relevant data, and locating a good methodology. But perhaps the most important point is to brainstorm and dedicate some time to thorough planning beforehand. Spending some time making plans, making notes, and developing your ideas can help you save time in the writing-up process, and so we advise that you be efficient but that you don't rush.

Most students at the graduate level have been told all their lives that they are 'good writers' in school. But the entire process of your Master's or Doctoral studies will be based on being academically 'smashed' by your supervisor until the moment you submit.

It would be helpful to remember that the price of a precious gem is 50% raw material and 50% handiwork. Your supervisor's 'vicious criticism' is equivalent to oxygen during your years of Master's or Doctoral study. If you reject this, then a well-balanced thesis cannot be born.

A final 'thesis hack' that we can give is this. The process of writing up a thesis is not easy in itself, but the part that requires the most patience above anything else is just before submission. It is not surprising that students are desperate to say goodbye to their thesis after wrestling with it for the past few years. It is one of the happiest break-ups that students look forward to. However, from the point of these students, supervisors appear as if they have all the time in the world at this point and prolong submission for as long as possible.

논문은 주제도 잘 정해야 하고, 자신이 연구하고자 하는 분야에 '새로운 기여'을 해야 한다는 압박감도 가져야 하며, 지도교수님을 잘 만나야 하고, 연구 자료들도 충분히 모아야 하고, 좋은 방법론도 찾아야 합니다. 하지만 그보다 더 중요한 것은 충분한 연구와 독서 후에 논문 작성의 시작을 앞두고 어느 만큼 틀을 잡고 계획을 짜는 데 시간을 투자하는 것입니다. 계획을 세우고, 메모하고, 아이디어를 개발하는 데 시간을 투자하면 실제로 논문 작성 시간을 절약하는 데 도움이 될 수 있습니다. 서두르지 않고 침착하게 논문 계획에 시간을 투자하는 것이 오히려 더욱 효율적입니다.

사실 대부분 석사와 박사과정생들은 학창 시절에 대체로 "글을 잘 쓴다."라는 칭찬에 익숙해 있을 것입니다. 하지만 석·박사 논문을 쓰는 과정은 지도교수님에게 학문적으로 수도 없이 깨지는 과정이라 할 수 있습니다.

연구자 여러분, 값진 보석의 가격은 원석 50%, 세공 50%로 책정된다고 합니다. 이 사실을 기억하는 것이 앞으로 수없이 많이 수정하고 다시 써야 하는 작업을 할 때 도움이 될 것입니다. 지도교수님의 독설(?)은 논문을 쓰는 연구자에게 산소와 같습니다. 그 산소를 거부하면 건강한 논문은 세상에 나올 수 없습니다.

마지막으로 정말 꿀 같은 팁을 하나 더 드리겠습니다. 논문을 쓰는 과정은 정말 쉽지 않습니다. 그러나 그 과정보다 더 인내심을 요하는 힘든 시간은 논문을 거의 마무리하고 제출하기 직전입니다. 연구자들은 지난 수년간 매일 씨름을 해왔던 논문과 하루라도 빨리 헤어지고 싶어 합니다. 논문을 제출하고 싶어 거의 안달이 나기 때문입니다. 그런데 논문 제출자 입장에서 볼 때 학위 논문을 지도하는 대부분의 지도교수님은 그때 세상의 모든 여유라는 여유는 다 챙기시는 것 같습니다.

But this part is truly where supervisors do their magic in terms of supervision. Just before sunrise is the darkest time, but when the sun rises, the person who has been waiting for the sun is the happiest; it is the same with submitting a thesis. Believe it or not, this time will pass and is undoubtedly necessary for the writing-up process. All three authors agreed unanimously on this.

✻

A Master's Abstract and Table of Contents – What it should look like

When we first open up a thesis the first thing we read is the Abstract, and then the Table of Contents. This is because while the introduction is a summary of the rest of the thesis, the Abstract is a summary of the introduction. Before reading a Master's thesis introduction which tends to be around 1,000-2,000 words, we are drawn to the 200-300 word Abstract to see if we want to continue reading. Moreover, the Table of Contents provides a list of the titles and subtitles of the entire thesis and this is to pique the reader's interest to continue reading. Therefore, consider the Abstract and the Table of Contents like a movie trailer. As with the introduction, the Abstract and Table of Contents are produced at the end.

It is useful to see an example of a Master's thesis Abstract and a Table of Contents. We advise that you look at several in your specific field so that you can get an idea of how to structure and develop your thesis.

하지만 바로 그 시점이 지도교수님의 지도가 가장 빛을 발할 때입니다. 해 뜨기 직전이 가장 어둡다고 합니다. 그 어두운 시간을 보내고 마침내 해가 뜨면 해 뜨기를 간절히 기다려온 사람이 가장 행복한 사람이 되듯이, 논문 제출도 마찬가지입니다. 그 또한 지나가는 시간이고, 논문을 쓰는 중요한 과정이기 때문입니다. 이것은 세 명의 저자 모두 공감하는 매우 중요한 팁입니다.

석사 논문의 초록과 목차 – 어떻게 쓸 것인가?

논문을 펼쳤을 때, 처음 접하는 것은 초록과 목차입니다. 논문의 서론이 논문 전체의 요약본이라면, 초록은 그 서론의 요약본입니다. 석사 논문의 서론이 1,000~2,000자 정도라면, 이를 읽기 전에, 초록의 200~300자 정도를 가볍게 읽고 나머지를 읽을지 읽지 않을지 결정하기 때문에 초록은 정말 중요합니다. 논문의 초록과 목차는 영화의 예고편 같은 역할을 하는 부분이라 할 수 있습니다. 그렇기 때문에 논문의 목차는 논문을 잘 소개하여 계속 읽고자 하는 관심이 극대화될 수 있도록 논문 전체를 아우르는 제목들과 소제목들을 꼼꼼히 나열하여 구성해야 합니다. 서론과 마찬가지로 초록과 목차는 마지막에 작성합니다.

이때 자신의 연구 분야에서 완성된 좋은 석사 논문 초록과 목차의 예시를 찾아보는 것이 필요합니다. 연구자가 논문을 구성하고 개발하는 데 유용한 아이디어를 얻을 수 있도록 몇 개의 좋은 예시를 찾아볼 것을 추천합니다.

A Ph.D. Abstract and Table of Contents
– What it should look like

Compared to a Master's thesis, a Doctoral thesis is a lot more comprehensive and detailed and this should be apparent in the Abstract and the Table of Contents. We advise students to see some examples of an actual Ph.D. thesis. An actual Ph.D. thesis Abstract and a Table of Contents are provided below for your reference to assist with your planning and structuring stage.

When writing your abstract, a good approach is to first clearly state what your thesis investigates or questions. The opening few sentences should very clearly depict what your thesis is about, what it specifically questions, and why this investigation is important.

The next section should contain some insights into how your thesis fits into the existing works in your field. Your suggestions could focus on the existing theoretical framework, methodological framework, or a current set of data that needs updating. Using this context, try to state what your thesis argues or adds.

Your abstract should also ideally contain what case studies or data set you have used for the examination, as well as a short rationale for why you selected this data.

The final few sentences should recap why your thesis is relevant and important.

박사 논문의 초록과 목차 - 어떻게 쓸 것인가?

석사 논문에 비해 박사 논문이 훨씬 더 구체적이고 풍요롭고 상세해야 합니다. 이 부분이 박사 논문의 초록과 목차 부분에 분명히 드러나야 합니다. 이를 위해 완성된 좋은 박사 논문의 초록과 목차를 참고하여 논문을 구성하고 계획할 때 도움을 받도록 합니다.

논문의 초록을 작성할 때에는 연구자가 어떤 문제를 연구하고 있는지, 연구 질문은 무엇인지 그 내용을 정확하게 설명하도록 합니다. 초록을 시작하는 몇 문장들을 통해 연구자의 논문을 파악할 수 있도록 연구자가 어떤 목표를 가졌는지, 연구 질문을 무엇인지, 연구자의 연구가 왜 중요한지 매우 명확하게 설명할 필요가 있습니다.

이어지는 초록의 다음 단락에는 연구자의 논문이 현재까지 나와 있는 기존의 연구들과 어떤 연관이 있는지, 어떻게 부합되고 있는지에 대한 관점, 통찰력(insight)이 있어야 합니다. 연구자의 관점, 통찰력이란 기존의 이론적 프레임워크, 방법론적 프레임워크 또는 업데이트가 필요한 현재의 데이터를 통해 자신의 연구가 필요함을 보여주는 작업입니다. 연구자는 초록을 쓸 때 이 부분을 통해 자신의 논문이 무엇에 대해 주장하는지, 무엇을 추가하고 싶은지 설명합니다.

또한, 초록에는 연구에 사용한 사례 연구 또는 데이터 소개, 데이터 선택 이유에 대한 간단한 설명이 포함되어야 합니다.

초록의 마지막 부분에는 연구자의 논문의 적합성과 중요성을 확인할 수 있는 요약이 들어 있어야 합니다.

A Ph.D. Example of an Abstract
– by Dr. Minjae Zoh

Title: *The Impacts of Authorised Dictatorial Discourse on Heritage Management – Case Study: South Korea's Military Dictatorship Era 1961-1988*

This thesis investigates some of the impacts a 'dictatorship' can have on the management and uses of heritage sites. More specifically, it endeavours to examine how a dictator's interests in certain heritage sites and particular territories can affect how heritage becomes preserved and promoted in both the medium- and long-terms. The relationship between heritage and dictatorship has, arguably, been relatively under-studied compared to research on the nation-state.

In recognising the importance of understanding how different political systems (in this case exemplified by dictatorial regimes) can have various and particular outcomes on heritage, this study will develop the concept of 'Authorised Dictatorial Discourse'(ADD) as an original contribution to the field of Heritage Studies. It stems from Laurajane Smith's (2006) seminal works on Authorised Heritage Discourse and her argument about how authorities in the form of decision-making bodies have medium- and long-term impacts on the preservation and promotion of heritage sites and that this happens detached from the wider public. I argue that her concept is based on democratic political systems.

✳
박사 논문 초록의 예
- 조민재 박사(고고학/유산학)

제목 : 권위적 독재 담론이 헤리티지 관리에 미치는 영향 - 사례 연구: 한국의 군사 독재 시대 1961~1988

본 논문은 '독재 정권'하에서의 국가 정책들이 헤리티지(heritage) 유적의 관리와 사용에 어떤 영향을 끼치는가를 조사한 연구이다. 구체적으로는, 헤리티지 및 영토에 대한 독재자의 특별한(독재자의 독단) 이해가 '헤리티지가 중장기적으로 보존되고 증진되는 방식에 어떤 영향을 미칠 수 있는지를 조사한 연구'이다. 그동안 독재 정권하에서의 헤리티지에 관한 연구는 자유 민주주의 국가에서 이루어지는 헤리티지 연구와 비교하면 지금까지 상대적으로 연구가 부족했던 것이 사실이다.

본 연구는 정치 시스템(자유 민주주의 국가와 독재 국가를 비교하며)이 헤리티지에 대해 어떻게 다양하고 특정한 결과를 가져올 수 있는지 이해하는 것이 중요하다는 점을 인식하면서, 특별히 '독재 정권'하에서의 헤리티지에 주목하며 '독창적인 기여로 승인된 독재 담론'(필자의 ADD이론) 개념을 발표한 것이다. 이 논문은 이미 자유 민주주의 국가에서 승인된 헤리티지 담론에 관한 중요한 저서와 의사 결정 기구 형태로 정부가 헤리티지의 보존과 증진에 중장기적 영향을 미치는 방식에 대한 Dr.Laurajane Smith의 AHD 이론(2006년)에서 기인했다. 필자는 Dr.Laurajane Smith의 AHD 이론은 독재 체제에서는 상용되지 못하는 이론으로 자유 민주주의 정치 체제에서만 사용 가능한 담론이라 주장한다.

To develop the concept of ADD, South Korea's Military Dictatorship Era (1961-1988) will be used as the central case study. The two dictators (Park Chung Hee and Chun Doo Hwan) orchestrated strictly controlled and very particular heritage and territory policies. Their authoritarian decisions debatably had profound impacts, making their cases very suitable for further analysis.

To provide more detailed insights, this thesis will analyse six heritage sites in terms of how they were targeted by the two dictators as tools of narrative constructions. These case studies will be used as an analytical lens to: 1) cast light on how and the extent to which the politics of heritage and the politics of territory were interlinked and influenced the management and uses of heritage, 2) reflect on the common pattern of heritage and territorial management during dictatorships, and 3) argue how the current AHD (Smith 2006) need to be problematised in terms of its remit.

A Ph.D. Example of a Table of Contents
– by Dr. Minhye Zoh

Title: *The Institutionalisation of Disclosure and Supervision Practices in the Corporate Governance System of South Korea*

1. Introduction

1.1   Motivation for this Research: South Korea's Corporate Governance Institutionalisation since the Asian Financial Crisis of 1997

본 연구는 Dr. Laurajane Smith의 AHD 이론(자유 민주주의 국가에서 이루어지는 헤리티지에 관한 정책)을 발전시키기 위해 한국의 군사 독재 시대(1961~1988)를 중심 사례 연구로 사용하였다. 한국의 두 독재자(박정희와 전두환)는 헤리티지 관리를 엄격하게 통제하여 특정한 헤리티지 및 영토를 대상으로 헤리티지 관리 체계를 조직했기 때문이다. 독재 정권하에서 헤리티지에 관한 그들의 권위주의적 결정은 논쟁의 여지가 없이 전체 헤리티지 관리에 영향을 미쳤기 때문에 그들의 사례는 추가 분석이 필요한 상황이라 할수 있겠다.

보다 자세한 통찰을 위해 본 논문은 두 독재자(박정희와 전두환)가 자신의 정권의 정통성을 세우기 위한 '내러티브'(사실과 경험에 입각한 이야기) 구성의 도구로 표적을 삼았던 한국의 6개의 유적지(영남과 호남의 각각 3개 유적지)를 연구하고 분석했다. 이러한 사례 연구는 다음의 분석 렌즈를 통해 연구되었다. 1) 헤리티지의 정치와 영토의 정치가 상호 연결되어 헤리티지의 관리 및 사용에 영향을 미치는 방식과 범위를 조명하고, 2) 독재 정권 시대 헤리티지와 영토 관리의 공통된 패턴을 분석했다. 이에 3) 현재 Dr. Laurajane Smith의 AHD 이론(2006년)은 독재 체제하의 헤리티지 관리를 연구하는 데는 충분하지 않다고 주장한 것이다.

✸

박사 논문 목차의 예 – 조민혜 박사(법경제학)

제목: 1997년 아시아 외환위기 이후 한국 기업지배구조의 공시 및 감독 관행의 제도화

1. 서론

1.1　연구 동기: 1997년 아시아 외환위기 이후 한국의 기업지배구조 제도화

2. 기업지배구조의 배경: 공시, 이사회, 그리고 스캔들

4. Research Methodology

4.1   Introduction

4.2   Research Approach and Philosophies

  4.2.1 Mixed Methods Approach

  4.2.2 Ontological and Epistemological Considerations

4.3   Qualitative Research Design: Comparative Research and Thematic Analysis

  4.3.1 Research Question 1: Macro-level Institutional Analysis of Corporate Disclosure and Supervision Practices in Korea

    4.3.1.1 Institutional Analysis of Changing Legislation

    4.3.1.2 Examining the Evolution of Korean Corporate Governance through the IMF's Impact and Ongoing Adoption of U.S. Practices

  4.3.2 Research Question 2: Micro-level Comparative Legal Analysis of Korean and U.S. Corporate Disclosure and Supervision Practices

    4.3.2.1 Different Approaches to Comparative Legal Analysis

    4.3.2.2 Categorising Disclosure and Supervision Requirements from Korean and U.S. Business Reports

  4.3.3 Research Question 3: Comparative Legal Case Analysis of Corporate Scandals and the Effect of Disclosure Practices in Korea and the U.S.

    4.3.3.1 Categorising Corporate Scandals and Penalties

    4.3.3.2 Limitations in Data Retrieval

  4.3.4 Research Question 4: Thematic Analysis of the Role of Non-Executive Directors and the Effect of Corporate Supervision Practices in Korea

4. 연구 방법론

4.1   서론

4.2   연구 접근 및 철학적 관점

4.2.1 혼합적 연구방법

4.2.2 연구자의 존재론적 및 인식론적 관점

4.3   질적 연구 디자인: 비교 연구 및 주제 분석

4.3.1 연구 질문 1: 한국의 거시적 기업지배구조 공시 및 감독관행의 제도 분석

4.3.1.1 법률 변경에 대한 제도적 분석

4.3.1.2 미국 기업법률 변경에 따라 한국의 기업지배구조의 변화 과정 분석

4.3.2 연구 질문 2: 미국과 한국의 미시적 기업지배구조 공시 및 감독 관행의 비교 법적 분석

4.3.2.1 비교 법적 분석에 대한 다양한 접근 방식

4.3.2.2 미국과 한국의 사업보고서 공시 및 감독관행 관련 내용 분류

4.3.3 연구 질문 3: 미국과 한국의 불충분한 공시의 결과물인 기업 스캔들 비교 법적 사례 분석

4.3.3.1 기업 스캔들의 결과 및 형벌

4.3.3.2 정보 검색의 제한 사항

4.3.4 연구 질문 4: 한국 사외이사의 감독관행 역할 효과에 대한 분석

5. 한국의 거시적 기업지배구조 공시 및 감독관행의 제도 분석

6. 미국과 한국의 미시적 기업지배구조 공시 및 감독관행의 비교 법적 분석

7.4.1 기업 및 임원들의 벌금

  7.4.1.1 미국 기업 대부분 벌금 vs. 한국 기업 벌금 없음

  7.4.1.2 미국 임원 과반수 벌금 vs. 한국 임원 절반 미만 벌금

7.4.2 임원들의 구금

  7.4.2.1 구금형 받은 미국 임원 모두 50% 이상 복역 vs. 구금형 받은 한국 임원 과반수 0% 복역

  7.4.2.2 한국 특유의 감형: 집행 유예 및 사면

7.4.3 기업 스캔들을 일으킨 임원에 대한 처우

  7.4.3.1 미국: 임원 자격 박탈

  7.4.3.2 한국: 대부분의 임원 제자리로 복귀

7.4.4 미국과 한국에서 기업 스캔들을 저지른 임원에 대한 처벌의 의미

7.5   결론

8. 한국 사외이사의 감독관행 역할 효과에 대한 분석

8.1   서론

8.2   사외이사 제도의 시작

  8.2.1 사외이사의 포괄적 역할

  8.2.2 임명의 근거: 전문 지식 vs. 사회적 지위

8.3   사외이사로 활동한 경험

Appendix

Bibliography

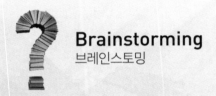

Brainstorming
브레인스토밍

What do you want to write about for your thesis? Write down your reasons for selecting your topic/question.
당신은 무엇에 대해 논문을 쓰고 싶습니까? 당신이 이 연구 주제를 왜 선택했는지 이유를 적어보십시오.

_____

_____

_____

_____

_____

What keywords can you think of regarding your research topic?
당신의 연구 키워드를 적어보십시오.

_____

_____

_____

_____

_____

II
Writing an Introduction

서론 쓰기

The last thing you write is the Introduction!

Your introduction should be just that – a summary of what you intend to do in the rest of your thesis. You would have heard people say that there should be no surprises in a thesis. Everything should be mentioned in the introductory chapter before being discussed and analysed in the rest of the chapters. The introduction should therefore ideally be the last thing you write, in line with your conclusion chapter. However, some universities require students to submit some form of an introduction when submitting the research proposal, which means that this 'tip' is only relevant for the final version of your thesis.

The introductory chapter and the conclusion chapter should be mirror images of each other. The introductory chapter should list all the things *you intend to do* in your thesis, and the conclusion chapter should tick off all the things *you said you would do* in the introduction.

Before looking into what a completed introduction should look like, it is important to stress the importance of 'good writing.' What is 'good writing?' Everyone has their writing style and standard of what good writing comprises, so it is difficult to pinpoint what 'good writing' and 'bad writing' are. However, when it comes to a thesis, good writing is clear writing.

A thesis deals with complex and multifaceted issues and often profound lines of thought which means that inevitably, a thesis is a difficult piece of writing. What you can do is to make sure you write as clearly as possible so that you can help the examiners and the readers to understand what it is that you are trying to state and argue.

논문의 서론을 가장 잘 쓰는 방법 - 서론은 논문의 마지막에 쓰는 것

논문의 서론은 논문 전체에서 하고자 하는 내용에 대한 짧은 요약이어야 합니다. 여러분은 석사와 박사 논문에는 반전이 없어야 한다는 말을 들어보았을 것입니다. 연구자는 논문의 후반에서 논의하고 분석하기 전에 모든 것을 서론에서 미리 언급해야 합니다. 따라서 서론은 결론과 함께 마지막에 작성해야 합니다. 주의해야 할 점은, 대학마다 다르긴 하지만 논문 제출 전 논문계획서 제출 단계에서 미리 서론을 써내야 할 때도 있습니다. 그러한 점에서 앞으로 설명할 팁은 최종 논문 제출본에만 적용된다는 점을 염두에 두십시오.

서론과 결론은 서로를 비추는 거울이라고도 할 수 있습니다. 서론에는 논문에서 다루고자 하는 모든 것이 나열되어 있어야 하고, 결론에는 서론에서 하겠다고 주장한 모든 것이 해결되었음을 재차 점검하는 부분이 있어야 합니다.

논문의 서론을 잘 쓰는 방법을 살펴보기 전에 먼저 어떻게 하면 글을 잘 쓸 수 있는지 생각해보는 것이 중요합니다. '좋은 글쓰기'는 무엇입니까? 누구나 자신만의 글쓰기 스타일이 있고, 개인마다 좋은 글쓰기의 기준 또한 다릅니다. 그 때문에 좋은 글과 나쁜 글의 기준을 명쾌하게 말할 수는 없습니다. 그러나 논문에 국한하여 말한다면, 분명히 논문에 있어서 좋은 글은 명료한 글이라고 말할 수 있습니다.

논문은 복잡하고 다각적인 주제를 다루기 때문에 논문을 쓰고 읽는다는 것은 당연히 어려운 일입니다. 논문을 읽는 사람들과 논문 심사자들이 연구자가 설명하고 주장하는 내용을 잘 이해할 수 있도록 최대한 명확하게 작성해야 합니다.

A tip here is to make sure that your sentences are not too long. Break a sentence down into two if you can, rather than making it very long. Try to avoid going beyond three lines per sentence as that can make it difficult to follow. The basis for clear writing is to make sure that you have the ideas formulated inside your brain before you start writing.

That being said, let's look into what a completed introduction should look like.

✺

Motivation for your Research

An introduction should preferably begin with the 'what' questions. The motivation for your research should be outlined clearly to show the reader immediately what your thesis is about. This should provide a brief background to your topic/area of study. Describe what has sparked your interest to embark on this research, that there are limited existing studies on this specific topic, and why this is worth researching. It is similar to the opening lines of a best-selling novel, where you need to persuade your reader (or in the case of a Master's or Doctoral thesis, your supervisor and examiners) that this research is worth conducting to a postgraduate level. This part should highlight potential problems that need to be solved that will lead to the materialisation of your research questions.

* Example of a Motivations of Research - by Dr. Minhye Zoh
In just six decades since 1960, South Korea (Korea, hereafter) achieved unparalleled economic growth and social development (Sakong and Koh, 2010).

여기에서 줄 수 있는 꿀팁은 되도록 긴 문장을 쓰지 않도록 노력하는 것입니다. 연구자의 문장이 길다면 가능한 두 문장으로 나누어 연결해볼 것을 추천합니다. 한 문장이 3줄을 넘어가면 읽는 사람들이 해당 문장을 이해하기 어렵습니다. 이를 위한 명확한 글쓰기의 기본은 글을 쓰기 시작하기 전에 연구자의 머릿속에 자신의 아이디어가 명확하게 정리되어 있는지 확인하는 것입니다.

자, 이제 완성된 서론이 어떤 모습이어야 하는지 살펴보겠습니다.

✸ 연구의 필요성

서론은 가급적이면 '무엇인가?'라는 질문으로 시작해야 합니다. 연구자의 논문이 무엇에 관한 것인지 즉시 알 수 있도록 연구 동기를 명확하게 설명해야 합니다. 서론에서는 연구자의 주제/연구 분야에 대한 간략한 배경을 제공해야 합니다. 연구자가 이 연구에 착수하기 위해 관심을 갖게 된 이유, 연구자가 선택한 특정 주제에 대한 기존 연구가 제한적이었다는 점, 그리고 이것이 연구할 가치가 있음을 서론에서 설명해야 합니다. 논문의 서론은 마치 베스트셀러 소설의 시작 부분과 유사합니다. 소설 작가는 도입 부분을 흥미진진하게 전개하여 독자들을 끌어들입니다. 이처럼 연구자는 서론을 통해 자신의 논문은 석사/박사 논문으로서 충분한 가치가 있고, 자신은 이 논문을 통해 석사/박사 수준으로 연구를 수행할 능력이 있음을 지도교수와 심사위원에게 증명합니다. 또한, 연구자는 서론에서 연구 질문과 연관된 문제들을 특별히 강조하여 논문의 가치를 더욱 높이도록 합니다.

* 연구의 필요성의 예 - 조민혜 박사(법경제학)

1960년 이후 불과 60년 만에 한국은 비할 바 없는 경제 성장과 사회 발전을 이루었다(Sakong and Koh, 2010).

Korea's Gross Domestic Product (GDP) following the Japanese Occupation (1910-1945), the Korean War (1950-1953) and first presidential regime (1948-1960) was only USD$5.83billion with a GDP per capita of USD$158. In 2018, Korea recorded phenomenal growth in GDP of USD$1,619.42 billion and a GDP per capita of USD$31,363. In 2019, Korea was ranked in 6th place in the list of top 20 international exporters by the World Trade Organisation (WTO) Statistical Review. Despite representing 0.66% of total world population, Korea's GDP value represents 2.61% of the world economy (World Bank, 2019). Having been called one of the poorest countries in the world in the mid-20th century, Korea is today referred to as an industrial powerhouse ranked in 11th place by GDP in 2020 (IMF).

Korea is the first country to experience being both a recipient and donor of official development assistance (Marx and Soares, 2013), of which it became a Development Assistance Committee (DAC) member in 2010. Despite such unprecedented growth (AA credit rating *by Standard & Poor's* in 2016; AA- by *Fitch* in 2012; and Aa2 by *Moody's* in 2015), Korea in 2018 was ranked in 9th place out of 12 Asian countries on corporate governance by the Asia Corporate Governance Association (ACGA, https:// www.acga-asia.org) on *CG Watch*. Astonishingly, Korea ranked no higher than 8th place since 2010.... Accordingly, there is a mismatch between Korea's strong economic position in the world economy in 11th place by GDP, and being ranked in 9th place out of 12 Asian countries in the same year. Hence, examining, assessing, and offering suggestions as to how this disparity can be resolved is the key motivation of this research.

일제강점기(1910~1945), 한국전쟁(1950~1953), 초기 대통령 체제(1948~1960) 이후, 한국의 국내총생산(GDP)은 불과 58억 3,000만 달러, 1인당 GDP는 158달러였다. 그런데 한국은 이후 60년이 지난 2018년에 GDP 1조 6,194억 2,000만 달러, 1인당 GDP 는 31,363달러를 기록하는 경이적인 성장을 이루었다. 2019년 세계무역기구(WTO) 통계 조사에서 한국은 세계 20대 수출국 가운데 6위를 기록하였다. 2019년에 측정한 한국의 GDP 가치는 세계 전체 인구의 0.66%를, 그리고 세계 경제의 2.61%를 차지한다(World Bank, 2019). 20세기 중반 세계 최빈국으로 불렸던 한국이 2020년 기준으로 GDP(IMF, 2020) 11위 산업 강국으로 자리매김하고 있는 것이다.

공적개발원조의 수혜국와 공여국을 동시에 경험한 최초의 국가인 한국은(Marx and Soares, 2013), 2010년에는 개발원조위원회(DAC)의 위원 국가가 되었다. 이러한 전례 없는 성과(2016년 Standard & Poor's에 의한 신용등급 AA, 2012년 Fitch AA-, 2015년 Moody's Aa2)에도 불구하고, 2018년 아시아지배구조협회(Asia Corporate Governance Association)의 아시아 기업지배구조 보고서(CG Watch 2018)에 의하면 한국의 기업지배구조 순위는 아시아 12개국 중 9위로 하위권을 차지했다. 놀랍게도 한국은 지난 2010년 이후로 8위 이상을 기록하지 못한 기업지배구조를 가지고 있다. 한국이 세계 경제에서 차지하는 경제적 지위가 GDP 기준으로 11위인 데 비해 그해의 기업지배구조가 아시아 12개국 중 9위를 기록하고 있다는 것에는 문제가 있다. 따라서 이와 같은 불균형을 해결할 수 있는 방법에 대한 검토, 평가, 제안을 고찰하는 것이 본 연구의 핵심 동기이다.

Works previously done

Since you will be providing a full-length critical literature review in the following chapter, works previously done should be a snapshot of the literature you read in preparation for your research. It should comprise descriptions of the outcome of existing studies and where you located the gap in the literature of which your research intends to fill.

Research Questions and Objectives

In the case of a Master's thesis, you are expected to write 15,000 to 20,000 words, and in the case of a Doctoral thesis, you are expected to write 50,000 to 80,000 words. Whichever type of thesis you write, your entire word limit exists to answer your research question(s). It is the heart and core of your thesis, and all your theories, methodologies, case studies, findings, and conclusions operate to address your research question(s). Particularly in a Doctoral thesis, there is one big overarching question with a few supporting questions, alongside associated objectives that you plan to meet in answering those questions.

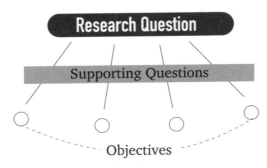

✸
선행 연구

다음 챕터에서 논문 주제에 관한 참고 문헌의 비평적 검토를 충분히 다룰 것이기 때문에, 선행 연구에서는 참고 문헌에 대해 간략하게 정리하고 넘어가겠습니다. 선행 연구는 참고한 문헌의 연구 결과를 짧게 나열하는 동시에 기존 문헌의 제한성을 지적함으로써 앞으로 연구자의 연구가 어떠한 학문적 기여를 할 것인지를 드러내는 부분입니다.

✸
연구 질문과 목적

연구자는 대체로 석사 논문의 경우에는 15,000~20,000자, 박사 논문의 경우에는 50,000~80,000자의 단어를 사용하여 논문을 구성합니다. 이 모든 단어는 연구자의 단 하나의 연구 질문(research question)에 답하기 위해 존재합니다. 그만큼 연구 질문은 논문의 심장이자 핵심입니다. 논문에서 사용한 모든 이론, 방법론, 사례 연구, 결과 및 결론은 연구 질문을 해결하기 위해 운용됩니다. 특히 박사 논문에는 일반적으로 연구 질문(research question)과 함께 연구 질문에 속한 특정한 몇 가지 질문(supporting questions), 그리고 질문을 통해 얻으려고 하는 각각의 목표들(objectives)까지 다룹니다.

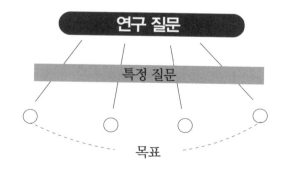

It cannot be emphasised more that all parts of your thesis should exist to answer or best address your research question(s), so be careful in choosing one!

❀

Difference between the Research Question, Research Objective, and Hypothesis

It is important to understand the difference between the research question, research objective, and hypothesis. A research question should address what you are trying to find out. So this part should be an actual question that you have and intend to answer regarding your topic. A research objective, on the other hand, should focus on why you are doing the research. So this should focus on what you want to understand, address or solve. And lastly, a hypothesis is your initial assumption based on the existing data you have access to. Testing your hypothesis through data gathered for your research will provide evidence for your arguments, and is key to answering your research question and meeting your research objective.

❀

Your Scope and Limitations

This part refers to the scope and limitations of your data and chosen methodology since it is impossible to use all data material relevant to your topic. Clearly stating your scope and limitations regarding your data set in the beginning will act as your defense during your examination where you can politely say, "I did consider that, but that was beyond my research scope."

논문의 서론, 본론, 결론 모든 부분이 연구자의 연구 질문에 답하거나, 연구 질문을 해결하기 위해 존재하므로 연구자는 연구 질문을 매우 신중하게 선택해야 합니다.

❊
연구 질문과 연구 목적과 가설의 차이점

연구자는 우선 연구 질문, 연구 목적, 그리고 가설의 차이점이 무엇인지 이해하는 것이 중요합니다. 연구 질문은 연구자가 정확하게 알고 싶은 것을 실제적인 질문 형식으로 나타내는 것입니다. 이에 비해, 연구 목적은 연구자가 논문을 작성하는 이유, 즉 연구하는 이유에 초점을 맞추어야 합니다. 다시 말해 논문을 통해 무엇을 이해하고 싶고, 무엇을 다루고 싶고, 무엇을 해결하고 싶은지를 생각해야 합니다. 마지막으로 가설은 연구를 진행하기 전에, 연구자가 알고 있는 기존 데이터를 기반으로 어떤 결과가 나올 것인지 가정해보는 것입니다. 연구자는 수집한 데이터를 통해 가설을 테스트하여 자신의 주장에 대한 근거를 찾아갑니다. 이 결과를 가지고 연구자는 연구 질문에 대한 답을 확인하여 연구 목표를 달성할 수 있습니다.

❊
연구의 범위와 제한성

연구자의 주제와 관련된 모든 데이터 자료를 사용하는 것은 불가능하므로 연구자는 이 부분에서 앞으로 사용할 데이터의 범위와 제한 사항을 정하여 서론에 포함하도록 합니다. 연구자가 자신이 쓸 논문의 범위와 한계를 명확하게 언급하는 것은 심사 과정에서 자기 자신을 가장 잘 방어하는 방패가 될 것입니다. 연구자가 논문의 데이터 범위와 한계를 잘 설정해놓으면 이는 마치 심사위원에게 "그 부분을 고려하려 했지만, 그 부분은 내 연구 범위에서 벗어난 부분입니다."라고 말하는 것과 같은 효과를 나타낼 것입니다.

Theoretical and Methodological Issues in Conducting your Research

This part entails a justification for why you chose a particular theory or methodology to conduct your research. This can consist of explaining that your chosen theory or methodology has not been used widely in existing studies, or the appropriateness of using a particular methodology to collect data that has rarely been conducted in your chosen geographical location, etc. In short, this section is a justification for why your chosen theory or methodology is the most appropriate to conduct your research, and how it will best address your research question(s).

There are broadly two sources of data: primary and secondary. Primary data refers to data collected by the researcher firsthand such as interviews, surveys, observations, experiments, etc. Secondary data, on the other hand, refers to a set of data collected by someone other than the researcher. This includes materials from books, articles, statistical data, archival data, etc. A thesis can comprise either primary or secondary data or a combination of both. Data consists of individual variables that can take any value the researcher wants to measure to test cause-and-effect relationships. The variables within your collected data can be categorised into independent and dependent variables.

연구 수행의 이론과 방법론

연구자는 서론 부문에 자신이 앞으로 사용할 연구 수행의 이론과 방법론을 소개하고, 이것을 선택한 이유에 대한 정당성을 밝혀야 합니다. 이것은 연구자가 선택한 이론이나 방법론이 기존 연구에서 널리 사용되지 않았지만, 연구자의 연구에는 꼭 필요한 이론과 방법론임을 설명하는 절차가 될 것입니다. 더불어 연구자는 연구 기준으로 정한 지리적 위치에서 지금까지 거의 수행되지 않은 특정 데이터를 수집하기 위해 특정 방법론을 사용할 때에도 자신이 선택한 이론과 방법론이 적절했다고 정당화할 수 있습니다. 간단히 말해서 이 부분은 연구자가 선택한 이론이나 방법론이 연구를 수행하는 데 가장 적합한 이론과 방법론임을 증명하는 부분이며, 연구자의 연구 질문을 가장 잘 해결하는 방법이라고 정당화하는 데에 사용됩니다.

논문 작성에 사용하는 데이터는 크게 두 종류, 즉 1차 데이터와 2차 데이터로 나누어볼 수 있습니다. 1차 데이터에는 인터뷰, 설문 조사, 관찰, 실험 등 연구자가 직접 수집한 데이터를 말하며, 2차 데이터에는 연구자가 아닌 타인이 수집한 데이터를 말합니다. 여기에는 책, 기사, 통계 자료, 아카이브 데이터 등의 다양한 데이터들이 포함됩니다. 연구자는 1차 데이터 또는 2차 데이터를 논문 데이터로 활용할 수 있습니다. 물론 1차 데이터와 2차 데이터 모두를 사용하여 논문을 작성할 수도 있습니다. 데이터는 연구자가 인과 관계를 밝히기 위해 측정하고자 하는 값을 얻을 수 있는 각각의 개별 변수들로 구성됩니다. 수집된 데이터 내의 개별 변수는 독립변수와 종속변수로 분류할 수 있습니다.

An independent variable is one that does not change when conducting an experiment and can be manipulated by the researcher to bring about change in the dependent variable. A dependent variable, on the other hand, is one that is being tested by the researcher; its value depends on changes in the independent variable and the outcome the researcher intends to measure.

Structure of your Thesis

In the previous sections, you will have outlined what and why you intend to do to best answer your research question(s). This should include the theories, methodologies, and types of data you intend to use. The structure of your thesis section should be the last thing you write in the introductory chapter that will act as a summary of what each chapter will do. This is why it is recommended for you to write your introduction at the end.

독립변수는 실험을 수행할 때 변하지 않는 변수입니다. 연구자는 종속변수의 변화를 가져오기 위해 독립변수를 활용할 수 있습니다. 반면에 종속변수는 연구자가 실험하는 변수입니다. 종속변수의 값은 독립변수의 변화와 연구자가 측정하고자 하는 결과에 따라 달라질 수 있습니다.

✺ 논문의 구조

이로써 서론 부문의 연구 질문들을 해결하기 위해 '무엇'을 '왜' 해야 하는지 대략적인 설명이 되었을 것입니다. 또한, 연구자가 사용하려는 이론, 방법론 및 데이터 유형을 서론 부문에 반드시 포함해야 하는 까닭도 알게 되었을 것입니다. 그렇다면 서론의 마지막인 논문의 구조 부분에는 어떤 내용이 있어야 할까요? 논문의 구조 부분에는 연구자가 앞으로 서론 이후 부분에서 수행하려는 작업의 체크리스트 역할을 하는 내용이 서술되어 있어야 합니다. 즉, 이 부분은 각 장이 수행할 작업에 대한 간략한 요약을 제공하는 부분입니다. 그렇기에 논문의 구조 부분은 서론에서도 맨 마지막에 작성하는 것이 좋습니다.

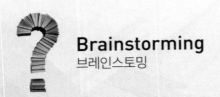

Brainstorming
브레인스토밍

Why is your research necessary in your field of study?
당신의 연구가 해당 학문 분야에 왜 필요한지 그 이유를 적어보십시오.

_____

_____

_____

_____

_____

List 5 key books or articles that you intend to/have read for your research.
당신의 연구를 위해 앞으로 읽을 예정이거나 이미 읽은 자료 가운데 참고할 중요한 자료(책, 논문 등) 다섯 개를 적어보십시오.

_____

_____

_____

_____

_____

III

Writing up your Critical Literature Review

기존 문헌 비평 및
리뷰 작성하기

Avoiding Plagiarism:
To keep your Master's or Doctoral Degree

Stealing someone's idea is worse than someone's property. This is because while the value of that property does not reduce after being replaced, a stolen idea will never have the same value again. All types of jobs or titles in this world can be referred to as a 'previous' job or title, such as an 'ex-president', 'ex-judge' or 'ex-athlete.' But after receiving your Master's or Doctoral degree and title, you will never be called an 'ex-Master' or 'ex-Dr' even after you retire. That is, based on the condition that you do not plagiarise! Therefore, as a researcher, the first thing you need to be aware of is that as much as you would hate for someone to plagiarise your ideas, you cannot, should not, must not plagiarise another person's work.

The good news is that there is software such as Turnitin that has been designed to uphold academic integrity as well as foster original thinking. We recommend students to use <www.turnitin.com> which will check their writing for citation mistakes or inappropriate copying. There are also other software options such as Scribbr <www.scribbr.com/citation/checker/> which helps you check your in-text citations for free. Make sure you use this software and others to avoid plagiarism.

표절 피하기: '전직' 석사, 박사가 되지 않기 위하여

남의 지식을 훔치는 것은 물건을 훔치는 것보다 더 악한 행동이라고 이야기합니다. 도둑맞은 물건 대신 똑같은 물건을 다시 구매하면 잃어버린 재산의 가치는 다시 회복됩니다. 그러나 도둑맞은 아이디어는 다시 본래의 가치를 되찾을 수 없습니다. 그렇기에 남의 지식을 훔치는 것은 더 악한 행동이 되는 것입니다. 이 세상의 모든 직업과 직책에는 '전직'이라는 수식어가 붙을 수 있습니다. 예를 들어 '전직 대통령', '전직 판사' 그리고 '전직 국가대표' 등이 그 예입니다. 하지만 연구자가 석사 학위 또는 박사 학위를 받은 후에는 현직에서 은퇴한 후라 하여도 '전직 석사', '전직 박사'라고 불리지 않습니다. 연구자가 다른 연구물을 표절하지 않는 한, 석사 또는 박사 학위는 평생 박탈되지 않습니다. 그러므로 연구자는 논문을 쓸 때 자신의 글이 무단으로 표절당하기 싫은 만큼 다른 사람의 글 또한 절대 표절해서는 안 된다는 점을 반드시 인식해야 합니다.

다행한 것은 학문적 완전성을 유지하고 독창적인 사고를 유지할 수 있도록 설계된 턴잇인(Turnitin)과 같은 표절 방지 서비스 프로그램이 있다는 사실입니다. 연구자들은 〈www.turnitin.com〉을 사용하여 자신의 논문에 인용 오류나 부적절한 표절이 있는지 확인하는 것이 바람직합니다. 무료로 텍스트 인용 사실을 확인하는 데 도움을 주는 스크리버(Scribbr, 〈www.scribbr.com/citation/checker/〉)와 같은 프로그램 옵션도 있습니다. 연구자는 이 같은 다양한 프로그램을 사용하여 표절을 방지하도록 합니다.

Being Consistent with your Reference Style

Students often neglect to be consistent with their referencing style. This includes both in-text citations and those that appear at the end of the thesis under the 'References' section. There are several types of referencing styles that are used in a thesis, such as the Modern Language Association (MLA) style, the American Psychological Association (APA) style, and the Chicago style. Your university may require you to use a particular referencing style. But even if there is no required style, you are expected to be consistent!

The following are examples of the MLA, APA, and Chicago style referencing, both in-text and in the form that appears in the 'References' section.

• In-text Citation
MLA: (Surname page number), e.g., (Smith 100)
APA: (Surname, year of publication), e.g., (Smith, 1776)
Chicago: (Surname year of publication, page number), e.g., (Smith 1776, 100-101)

• References
MLA: Smith, Adam. *The Wealth of Nations*. W. Strahan and T. Cadell, 1776.
APA: Smith, A. (1776) The Wealth of Nations. W. Strahan and T. Cadell.
Chicago: Smith, Adam. 1776. *The Wealth of Nations*. London: W. Strahan and T. Cadell.

통일된 참고 문헌 표기 형식

논문을 쓰는 연구자들이 약간 등한시할 수 있는 참고 문헌 표기 형식에 대해 설명하겠습니다. 이는 논문 안에 들어가는 각주 표기와 논문 마지막에 들어가는 참고 문헌 표기에 대한 내용입니다. 논문에 쓰는 참고 문헌 표기 형식은 다양합니다. 그 가운데 주로 사용하는 형식은 MLA(Modern Language Association) 형식, APA(American Psychological Association) 형식, 그리고 시카고 형식입니다. 연구자는 자신이 선택한 참고 문헌 표기 형식을 논문 전체에서 일관성 있게 사용해야 합니다. 물론 연구자가 속한 학교, 기관에서 특별히 요구하는 형식이 있을 수 있습니다. 이 경우에도 통일성 있게 참고 문헌을 표기해야 합니다.

다음은 각주와 참고 문헌을 표기한 MLA, APA, 시카고 형식의 예입니다.

> • 각주의 예
> MLA: (저자명 페이지), e.g., (Smith 100)
> APA: (저자명, 간행연도), e.g., (Smith, 1776)
> Chicago: (저자명 간행연도, 페이지), e.g., (Smith 1776, 100-101)

> • 참고 문헌의 예
> MLA: Smith, Adam. *The Wealth of Nations*. W. Strahan and T. Cadell, 1776.
> APA: Smith, A. (1776) The Wealth of Nations. W. Strahan and T. Cadell.
> Chicago: Smith, Adam. 1776. *The Wealth of Nations*. London: W. Strahan and T. Cadell.

When writing a thesis, it is common to cite another researcher in the middle of the text. This also requires a proper in-text citation or a footnote. Students sometimes begin their sentences with the phrase 'According to Smith (1776) …' However, this can be confusing for persons who are unclear about who *Smith* is. Therefore, it should be made clear when you first cite *Smith* exactly which *Smith* you are referring to by providing a brief description, such as 'Smith (1776), the author *of The Wealth of Nations* and the father of modern economics, stated that…' An interesting fact is that according to the United States Census Bureau in 2010, the most common American surname was *Smith*, with 2,442,977 people with that name. Hence, it would be a good idea to clearly identify which *Smith* you are referring to in your text.

Some websites are designed to help you be consistent with citations and to distinguish between different referencing systems such as MLA, APA, Harvard, Chicago, and so on. A couple of websites that we recommend are 'Citation Machine' <www.citationmachine.net> as well as Scribbr <www.scribbr.com/citation/checker/> which will help you check your in-text citations.

❄

A Critical Review of the Literature on your Topic

For your thesis to be accepted as an academic piece of writing, it requires a critical review of already-existing literature on your chosen topic/area of study to show that you are not merely repeating something.

연구자가 논문을 작성할 때 본문에서 다른 연구자의 글을 인용하는 경우가 많습니다. 이때에도 반드시 인용 표기를 통해 자신이 인용하는 출처를 밝혀야 합니다. 간혹, 'Smith(1776)에 의하면…'이라는 형식으로 문장을 시작하는 경우가 있습니다. 그런데 이때 Smith가 과연 누구인지 논문을 읽는 사람이 알 수 있을까요? 연구자는 처음 Smith를 인용하는 부분에서 Smith에 관한 최소한의 정보를 밝혀 자신이 인용하는 Smith가 누구인지 알 수 있게 해야 합니다. 예를 든다면, '현대경제학의 아버지라 불리는 〈국부론〉의 저자인 Smith(1776)에 의하면…'이라고 말입니다. 재미있는 것은, 2010년 통계에서 미국 사람들의 성(姓) 가운데 Smith가 가장 많았다고 합니다. 2010년 기준으로 Smith 성을 쓰는 사람이 무려 2,442,977명이었다고 합니다(United States Census Bureau, 2010). 그러므로 Smith를 인용하고자 한다면 반드시 어느 Smith인지 알 수 있도록 밝히는 게 좋겠지요.

　　MLA, APA, 하버드, 시카고 등과 같은 다양한 참고 문헌 표기 형식을 구별하도록 설계된 온라인 웹사이트가 있습니다. 활용할 수 있는 두 개의 웹사이트를 추천합니다. 'Citation Machine' 〈www.citationmachine.net〉과 'Scribbr' 〈www.scribbr.com/citation/checker/〉는 텍스트 인용을 확인하는 데 도움이 됩니다.

✺
논문 주제 관련 문헌에 대한 비평적 검토

　　연구자의 논문이 학술적인 저작물로 인정받기 위해서는 기존 연구를 단순히 반복하고 있지 않다는 것을 보여주어야 합니다. 이를 위해 먼저 연구자는 이 부분에서 자신의 연구를 위해 선택한 참고 문헌들을 소개합니다.

This is also where you need to draw a line regarding what you intend to read. A literature review is not about reading everything ever published on your chosen topic. Of course, this also does not mean that you only have to read 30 or so most-read articles. Conducting a Master's or Doctoral study means forming your guidelines on what you intend to read, as well as how much time you are willing to spend reading as opposed to writing.

A strong literature review can demonstrate how informed and widely read you are in your chosen topic/field. There are two benefits to this. One, it enables you to show that you are well aware of what research has been done concerning your area of study. In other words, by distinguishing the previous works to your research topic, you can argue how your research is different and necessary as an addition to the currently existing literature.

Two, it can help you to examine where the gaps are in the existing literature, ultimately enabling you to find 'original contributions' to your field.

Moreover, including a comprehensive literature review can help you justify your proposed methodology. By referring to how scholars in previous works have implemented and designed their methodology, you can demonstrate your understanding of how research has been conducted in your area of study.

그리고 이때 선택한 참고 문헌들에 대한 비평적 검토가 필요합니다. 이 부분은 연구자가 자신이 참고할 문헌의 범위가 어디까지인지 정하는 곳이기도 합니다. 참고 문헌 비평 및 리뷰는 연구자가 선택한 연구 분야에 대해 그동안 출판된 모든 자료를 읽는 것이 아닙니다. 물론 이 분야에서 유명한 리포트를 30여 개 정도만 읽으면 된다는 의미도 아닙니다. 석사 또는 박사 논문을 쓴다는 것은 논문을 쓰기 전에 자발적으로 본인의 독서량을 정하고, 참고 문헌을 읽는 데에 시간을 얼마나 투자할 것인지 자신만의 지침을 정하는 과정도 포함된다는 의미이기도 합니다.

논문에 참고 문헌 비평 및 리뷰을 밝혀 작성하는 과정은 매우 중요합니다. 이 부분을 통해 연구자는 자신이 연구 분야에 대해 얼마나 알고 있는지, 또한 기존 연구의 결과물들을 얼마나 읽었는지를 보여줄 수 있습니다. 이 부분을 잘 쓰면 두 가지 장점을 확보할 수 있습니다. 첫째, 연구자가 자신의 연구 분야에서 어떤 연구가 선행되어 있는지 현재 잘 알고 있다는 것을 보여줄 수 있습니다. 즉, 선행 연구들을 자신의 연구 주제와 구별함으로써 선행 연구들과 자신의 연구가 어떻게 다른지 주장할 수 있습니다.

둘째, 기존 참고 문헌에서 부족한 부분을 살펴보는 데 도움이 될 수 있습니다. 이 부분을 연구자가 찾게 되면 궁극적으로 이는 연구자의 '독창적 기여'로 이어질 수 있습니다.

또한, 포괄적인 참고 문헌 비평 및 리뷰를 통해 연구자는 자신이 제안한 방법론을 정당화하는 데 이를 사용할 수 있습니다. 이전 학자들이 어떻게 그들의 방법론을 구현하고 설계했는지 참고하는 것은 연구자가 자신의 해당 분야 연구들이 어떻게 수행되었는지 이해하고 있음을 증명하는 것입니다.

A good place to start is by reading recent articles on your topic and referring to their reference section. This will provide a guideline on the works you will need to read, those that are good for you to have read, and those that are not particularly relevant to your topic. Be warned that some people spend years just reading since new work is being published as you continue to read. This is why it is important for you to draw a line in reading and to start writing!

A tip to conducting a successful literature review is to make a checklist as you read and to categorise the books, reports, and articles into the types of theory, methodology, and data used and applied. This will help you to get a general idea of the types of theories, methodologies, and data that are most commonly used in your area of study, and will assist in justifying how and why your chosen theory, methodology, and data samples will help fill gaps in existing literature as an original contribution.

Overall, remember that the literature review is connected to your research question, theoretical and methodological framework, and hypothesis building. Investing some time into providing both a general and specialised understanding of your topic can help you tackle your research question and defend your core arguments.

참고 문헌 비평 및 리뷰를 수행할 때 먼저 연구 분야에 대한 최근 논문을 읽고, 그 논문이 참고한 참고 문헌을 참조하는 것이 가장 바람직합니다. 이는 연구자가 도움을 받아야 할 참고 문헌에 대한 가이드라인(guideline)을 정하는 과정이라고 할 수 있습니다. 가이드라인을 정해야 앞으로 반드시 읽어야 할 문헌, 읽으면 좋은 문헌, 그리고 자신의 논문 주제와 특별히 관련이 없기에 읽지 않아도 될 문헌 등을 쉽게 구별할 수 있습니다. 연구자가 논문을 쓰기 위해 참고 문헌을 읽는 동안 새로운 문헌은 계속 출판될 것입니다. 그래서 어떤 사람들은 단지 독서를 하는 데에만 몇 년을 보내기도 합니다. 이 같은 시간 낭비를 줄이기 위해서는 읽기를 멈추고 쓰기를 시작하는 타이밍, 그 '선을 긋는 것'이 중요합니다!

성공적인 참고 문헌 비평 및 리뷰를 수행하기 위한 또 하나의 팁은 연구자가 책, 보고서, 기사 등 다양한 문헌들을 읽을 때 체크리스트를 만드는 것입니다. 연구자는 그동안 자신의 연구 분야에서 사용하고 적용한 이론, 방법론 및 데이터를 유형별로 분류하여 체크리스트로 만들어 꼼꼼히 기록하도록 합니다. 연구자는 이 작업을 통해 자신의 연구 분야에서 가장 일반적으로 사용되는 이론, 방법론 및 데이터의 유형에 대한 아이디어를 얻는 데 도움을 받을 것입니다. 이를 통해 연구자는 자신이 선택한 이론, 방법론 및 데이터 샘플이 기존 참고 문헌 어디에 속하는지 알 수 있습니다. 또한, 자신이 선택한 이론, 방법론 및 데이터 샘플이 어떻게 관련 분야에 새로운 기여를 할 것인지 이를 정당화하는 데에도 도움을 받을 것입니다.

전반적으로, 연구자는 참고 문헌 비평 및 리뷰가 연구 질문, 이론적 프레임워크, 방법론적 프레임워크, 가설 구축과 연결되어 있다는 것을 기억하고 있어야 합니다. 연구 주제에 대한 일반적이고 전문적인 이해를 제공하는 데 연구자가 시간을 투자하면 자신의 연구 질문을 해결하고 핵심 주장을 정당화하는 데 도움이 될 것입니다.

Limitations of Existing Literature on your Topic

Once you have categorised your readings into types of theory, methodology, and data used (as well as the outcomes of each book/report/article), you will be able to point out the limitations of existing studies on your topic. This is not simply a list of criticisms such as "this article did not do this; this book did not use this…" but a critical review of existing literature. To critique and not be overly critical, you should first acknowledge that there has been much research around your topic.

After evaluating and analysing the types of work that have been carried out in your field, you should then point out specifically what is missing. This is finding the gap in the literature that you intend to fill. This should then lead to a justification for why your chosen theory, methodology, and data are most appropriate to address your research question(s) since this is the 'gap' in the literature that you found.

논문 주제에 대한 기존 문헌의 제한성

　　연구자가 참고한 문헌들을 사용하고 적용된 이론, 방법론 및 데이터(각 책/보고서/논문의 결과도 포함)를 유형별로 분류한 체크리스트로 만들게 되면, 해당 주제에 관한 기존 연구의 한계를 지적할 수 있습니다. 기존 문헌에 대한 비평적 리뷰라는 것은 단순히 "이 논문은 이것을 하지 않았다. 이 책은 이 방법을 사용하지 않았다."라고 지적하는 행동이 아닙니다. 연구자는 우선 자신의 주제에 대해 이미 많은 연구가 존재한다는 것을 인정하면서 기존 문헌에 대한 비평적 리뷰를 시작해야 합니다. 그래야 지나치게 비판적인 리뷰가 되지 않습니다.

　　연구자는 자신의 연구 분야에서 이미 수행된 작업 유형을 평가하고 분석한 후 누락된 부분을 구체적으로 지적해야 합니다. 이를 통해 연구자는 참고 문헌들 사이에 존재하는 '틈'(gap)을 찾을 수 있습니다. 그 '틈'을 찾는 일은 자신이 사용하려는 이론, 방법론 및 데이터가 자신의 연구 질문을 해결하는 데 가장 적절한 것이라고 밝히는 정당화 과정으로 이어질 것입니다. 이는 연구자가 직접 발견한 기존 참고 문헌의 '틈'이기 때문입니다.

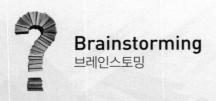

Brainstorming
브레인스토밍

Find a quotation you would like to use in your thesis and rewrite it as a paraphrase.
논문에 사용하고 싶은 인용문을 찾아 자신의 말로 바꿔 간접인용하여 다시 작성해보십시오.

Pick a book or article and write out the in-text citation and reference using the MLA, APA and Chicago style.
자료(책, 논문 등) 가운데 하나를 택해 MLA, APA, 시카고 형식으로 각주와 참고 문헌 표기를 적어 보십시오.

IV

Writing up your Theoretical Framework

이론적 프레임워크 작성

Your Theoretical, Analytical, Conceptual Framework

Your theoretical framework also referred to as an analytical or conceptual framework, is a map to how you will use your chosen theories to address your research question(s). It is a map of the relationships between your theories, ideas, and concepts. Accordingly, it is not a list of relevant theories you have read about on your topic – it is the backbone to your research that will act as the framework and analytical lens to locate your own research. Therefore, a simple description of the theories on your topic will not suffice. The point is to explain how you will use existing theories that are relevant to conceptualise your topic on the journey to address your research question(s).

Cherry–Picking Existing Theories to Apply or Extend your Area of Study

What students find difficult in this process is the act of choosing from among numerous theories in their field. It should be stated clearly that there is no right or wrong answer. However, after reading about your area of study, you should have some idea of which theory is most suitable to address your research question(s). Remember that you are no longer in school where your teacher tells you what you should do to get top grades.

논문의 이론적, 분석적, 개념적 프레임워크

이론적(또는 분석적, 개념적이라고 불릴 수 있는) 프레임워크는 연구자가 연구 질문을 해결하기 위해 선택한 이론 사용법을 설명하는 지도와 같은 것입니다. 그래서 이론적 프레임워크는 연구자의 이론, 아이디어, 개념 사이의 관계를 설명하는 지도라고 할 수 있습니다. 그러나 이것은 연구자가 논문 주제에 대해 그동안 읽은 관련 이론들을 나열하는 단순 목록이 아닙니다. 이론적 프레임워크는 연구자가 수행할 연구의 바탕을 이루는 것이며, 연구자의 연구가 어느 방향으로 흘러가는지 알려주는 분석 렌즈의 역할을 합니다. 따라서 이것은 논문 주제에 대한 이론을 간단한 설명하는 과정이 아닙니다. 이론적 프레임워크의 요점은 연구자가 연구 질문을 해결하는 과정에서 자신이 선택한 이론을 어떻게 개념화하여 사용할 것인지 설명하는 것입니다.

기존 이론 중에서 선택한 이론을 연구 영역에 적용하고 확장할 것

이론적 프레임워크를 만들어가는 과정에서 연구자가 어려워하는 것은 자신의 분야에 있는 수많은 이론 중에서 이번 연구에 필요한 이론을 '선택'하는 것입니다. 우선, 연구자가 이론을 선택할 때 취한 그 행동에는 옳고 그름이 없다는 사실을 알아야 합니다. 다만 자신이 선택한 이론이 자신의 연구 질문(들)을 해결하는 데 가장 적합한 이론임을 연구자는 정당화할 수 있어야 합니다. 석사 또는 박사과정 중에 있는 연구자라면 더 이상 학교에서 최고의 성적을 받기 위해 무엇을 해야 하는지 알려주는 선생님이 자신에게는 없다는 사실을 기억해야 합니다.

Becoming a Master's or Doctoral researcher means using your initiative to find your research materials, and this includes the theories you will use to apply or extend your area of study. Since you do not have to reach the right answer from the beginning, it is useful to apply several theories to see which one works best for you.

For example, researching on the topic of 'Corporate Governance' requires some overview of the main theories such as Agency Theory, Institutional Theory, Path Dependence Theory, Resource Dependence Theory, Stewardship Theory, Stakeholder Theory, etc. The following step is then to choose which theory or theories are best suited to act as a framework to locate your research.

✸

Justification is just as important as Choosing the Theories!

Once you have chosen your theory or theories, the next thing to do is to justify your choice logically and persuasively. During your examination, you can be 'attacked' on why you chose a particular theory instead of another, and you need to be able to justify your choice.

This is why it is so important to have read around your field of study enough to know which theories exist and to be confident that your choice is the most suitable to answer your research question(s).

석사 또는 박사과정 연구자는 자신의 연구 자료를 스스로 찾는 사람입니다. 여기에는 연구자가 선택한 이론을 자신의 연구에 적용하거나 확장하는 선제 행동 또한 포함됩니다. 처음부터 정답에 도달할 필요는 없습니다. 그러므로 연구자는 여러 이론을 대상으로 어떤 이론이 자신에게 적합한지 시도하여 확인하는 과정을 거치도록 합니다.

예를 들어, '기업지배구조'라는 주제에 대한 연구를 하려면 대리인 이론, 제도 이론, 경로 의존성 이론, 자원 의존 이론, 청지기 이론, 이해 관계자 이론 등과 같은 주요 이론에 대한 개요가 필요합니다. 그다음 단계는 이상의 이론 중에 연구에 적합한 이론(들)을 선택하여 연구자의 이론적 프레임워크를 만드는 과정입니다.

✸

이론을 선택하는 것만큼 중요한 것 – 정당화 과정

이론을 선택했다면 다음으로 연구자가 해야 할 일은 자신의 이론 선택을 논리적이고 설득력 있게 정당화하는 것입니다. 심사 과정에서 연구자는 왜 이 이론을 선택했는지에 대해 '공격'받을 수 있습니다. 그렇기에 연구자는 자신의 선택을 정당화할 수 있어야 합니다. 이는 연구자에게 꼭 필요한 과정입니다.

연구자는 자신의 연구 질문(research question)에 관하여 어떤 이론들이 존재하는지 알고, 자신의 이론 선택이 가장 적합했다는 확신을 가질 수 있을 만큼 연구 분야에 대한 이론들을 충분히 읽어두어야 합니다.

If in doubt, always consult your supervisor, but remember to have done your readings first! It is not the role of a supervisor to provide you with answers but to ask questions for you to find the answers yourself.

확실하지 않은 경우에는 항상 지도교수와 상의해야 합니다. 지도교수와 상의하기 위해서는 먼저 무엇이라도 써서 지도교수에게 보여주어야 한다는 사실을 늘 기억하십시오! 지도교수의 역할은 답변을 제공하는 것이 아니라 연구자 스스로 답을 찾기 위해 많은 질문을 해주는 것입니다.

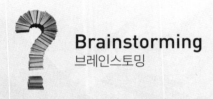

Brainstorming
브레인스토밍

Which theories exist in your field of study?
당신의 연구 분야에는 어떤 이론들이 있습니까?

_____

_____

_____

_____

Briefly describe a theory you intend to use.
당신이 앞으로 사용하고 싶은 이론에 대해 간략하게 적어보십시오.

_____

_____

_____

_____

V

Writing up your Methodology

방법론 작성

Difference between a Method and a Methodology

Before writing up your methodology chapter, it is useful to know the difference between a method and a methodology. A method is a research tool, a component of research, such as a case study or an interview. It is a specific approach to collecting data, whether it be primary or secondary. On the other hand, a methodology is a justification for using a particular method. Simply put, your method is your 'plough', and your methodology is 'how you will plough a field'. A methodology seeks to answer how the researcher conducted his or her study. In short, a methodology should explain and justify the techniques and tools used in research. Therefore, your methodology chapter should comprise a discussion and justification of which methods you have chosen and why they are most suitable to address your research question(s).

Research Approach and Philosophies

Your research approach and philosophies should provide a guideline as to which philosophical position you will take in conducting your study as a researcher. This can be categorised into deduction, induction, abduction, etc. This will be based on the type of research method you intend to apply, such as quantitative (where data is quantifiable, i.e., numeric, etc.), qualitative (where data can be approximated or characterisable, i.e., interviews, case studies, etc.), or mixed methods (a mixture of quantitative and qualitative data).

방법과 방법론의 차이점

방법론 챕터를 쓰기 전에 우선 방법(method)과 방법론(methodology)의 차이를 구분하는 것이 필요합니다. 방법은 연구 도구, 사례 연구 또는 인터뷰와 같은 연구 구성 요소입니다. 다시 말해, 방법은 1차(primary) 또는 2차(secondary) 데이터 수집에 대한 구체적인 접근 방식입니다. 반면에 방법론은 특정 방법을 사용하기 위한 정당화 과정입니다. 쉬운 예를 든다면, 농부가 사용하는 '쟁기'는 방법이고, 농부가 그 쟁기를 사용해 어떻게 밭을 가는지 설명하는 것은 방법론입니다. 방법론은 연구자가 어떻게 연구를 수행했는지에 대한 답을 찾는 것입니다. 즉, 방법론은 연구자가 연구에 사용한 기술과 도구를 설명하고 이를 정당화하는 것입니다. 따라서 방법론 챕터는 연구자가 선택한 방법이 연구 질문을 해결하는 데 가장 적합한 방법이었음을 정당화하는 과정으로 구성되어야 합니다.

연구 접근 및 철학적 관점

연구자로서 연구를 수행할 때, 연구자는 자신이 어떤 연구 접근 방식과 철학적 관점을 가지고 있는지 밝혀야 합니다. 연구자는 자신의 연구가 연역적인지, 귀납적인지, 귀추적인지 설명해야 합니다. 또한, 데이터 수집에 있어서 왜 양적(데이터가 정량화 가능한 경우, 숫자 등), 질적(데이터로 근사치를 내거나 특성화할 수 있는 것, 인터뷰, 사례 연구 등), 혼합(양적 데이터와 질적 데이터의 혼합)의 방법을 선택했는지 설명해야 합니다.

This section further entails the researcher's ontological (concerned with the nature of reality) and epistemological (concerned with the theory of knowledge and justification) considerations, such as the objectivist and subjectivist approach, and the positivist and constructivist approach. If you decide to collect quantitative data, then your ontological position will be objectivist, and your epistemological position will be positivist. If you decide to collect qualitative data, then your ontological position will be subjectivist, and your epistemological position will be constructivist. In short, this section should reveal how you as the researcher will collect and analyse your data.

	Quantitative	Qualitative
Ontology	Objectivist	Subjectivist
Epistemology	Positivist	Constructivist

※

Research Design: How to Tackle your Research Question

Your research design should describe your overall strategy to tackle your research question(s). It is a plan to best address your research questions, which differs from a research method that is a strategy to implement that plan. Hence, your research design should discuss issues such as generalisability, reliability, and validity regarding how your research questions are designed, as well as justifications for why your research methods are appropriate for your study.

또한 이 부분에서 연구자는 객관주의 및 주관주의적 접근, 실증주의 및 구성주의적 접근과 같은 연구자의 존재론적(현실의 본질과 관련하여) 및 인식론적(지식 및 정당화 이론과 관련하여) 관점도 밝혀야 합니다. 연구자가 존재론적인 관점에서 양적 데이터를 가지고 연구를 한다면 객관주의를 표명하며, 질적 데이터를 가지고 연구한다면 주관주의를 표명하는 것입니다. 또한, 연구자가 인식론적 관점에서 양적 데이터를 가지고 연구한다면 실증주의를 표명하며, 질적 데이터를 가지고 연구한다면 구성주의를 표명하는 것입니다. 간단히 말해서, 이 부분은 연구자가 연구자로서, 자신의 연구를 위해 데이터를 수집하고 분석하는 방법을 보여주는 과정이라고 할 수 있습니다.

	양적	질적
존재론적	객관주의	주관주의
인식론적	실증주의	구성주의

연구 디자인: 연구의 질문을 다루는 방법

연구자는 연구 디자인 또는 연구 설계 부분에서 연구 질문을 해결하기 위한 전반적인 전략을 설명해야 합니다. 연구 디자인이 연구 질문을 해결하기 위한 설계도라면, 연구 방법은 연구 설계도를 실행하기 위한 전략입니다. 따라서 연구 디자인 부분에서는 연구 질문이 어떻게 설계되었는지 이에 대한 일반성, 신뢰성, 타당성을 다루어야 합니다. 또한, 앞으로 설계할 연구 방법이 자신의 연구에 적합하다는 정당성도 증명해야 합니다.

Relationship between your Research Questions, Objectives, and Methodology

Your research question(s) should have a clear and logical link with the research objectives you initially set out to meet. This in turn should be linked to your chosen methodologies, since the very point of the methodology is to find the most suitable method to answer your research question(s). It is useful to create a table to help the reader visualise the relationship between your research questions, objectives, and methodology so that it is clear what you are aiming to address.

Collecting Data and Sample Selection

Consideration should be given to what data you intend to use. Interviews, comparative studies, case studies, panel data, time-series data, newspaper articles, surveys, etc. are all data-collection methods. Once you clarify your research question, your scope and limitations, the next step is to draw the line of how you will collect your data.

As mentioned previously, it is impossible to collect all relevant data under the sun, and it is unnecessary. You cannot interview every male person over the age of 30 residing in China, or quantify the number of babies in Scandinavia who are born with a bigger second toe than their big toe just because this data may be relevant to your research.

연구 질문, 목표, 방법론 간의 관계

연구 질문은 서론 부문에서 설정한 연구 목표와 명확한 논리적인 연결이 있어야 합니다. 방법론의 핵심은 연구 질문을 해결하는 데 가장 적합한 방법을 찾는 것에 있습니다. 그러므로 연구자가 사용하기로 한 방법론과 연구 질문 사이에도 논리적인 연결이 있어야 합니다. 따라서 연구자는 연구 질문, 목표, 방법론 간의 관계를 명확히 도출할 수 있도록 그 관계를 시각화하여 표를 만드는 것이 유용합니다.

데이터 수집 및 표본 추출

논문을 쓸 때 정말 중요한 부분은 어떤 데이터를 사용할 것인지 정하는 것입니다. 인터뷰, 비교 연구, 사례 연구, 패널 데이터, 시계열 데이터, 신문 기사, 설문 조사 등은 모두 데이터를 수집하는 방법입니다. 연구 질문과 연구의 범위와 한계를 명확히 했다면 다음 단계는 데이터 수집 방법에 대한 선을 긋는 것입니다.

앞서 언급했듯이 태양 아래에 존재하는 연구자의 논문 관련 데이터를 모두 수집하는 것은 불가능하며 또 불필요한 과정입니다. 예를 들어, 연구자가 자신의 논문과 관련된 데이터라고 해서 중국에 거주하는 30세 이상의 모든 남성을 인터뷰하거나, 스칸디나비아에서 엄지발가락보다 더 큰 둘째 발가락을 가지고 태어난 아기들을 전부 수량화할 필요는 없습니다.

In short, although you need to have a fair and unbiased selection of data, you first need to justify your choice and select the best method that is catered to answering your research question. The key is to justify why you have selected certain data, and why that data is a good sample of the entire population to best address your research question.

요컨대, 공정하고 편향되지 않은 데이터를 선택하는 것이 필요하지만, 연구자는 자신의 데이터 선택을 정당화하고, 연구 질문 답변에 가장 적합한 방법을 먼저 선택할 수 있어야 합니다. 핵심은 연구자가 특정 데이터를 선택한 이유를 정당화하고, 또한 해당 데이터가 연구 질문을 잘 해결할 수 있는 전체 모집단의 좋은 표본임을 정당화하는 것입니다.

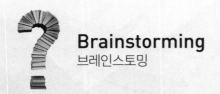

Brainstorming
브레인스토밍

Write down examples of methodologies most commonly used in your field of study.

당신의 연구 분야에서 많이 사용하고 있는 방법론들을 적어보십시오.

What philosophical position do you intend to take, and why?

당신은 앞으로 어떤 철학적 관점을 가지고 데이터를 수집할 계획입니까?

VI

Writing up your Findings

조사 결과 작성

Not a list of "I did this, I did this, I did this..."

When you have collected all your data using your chosen methodologies, you should consider how to write up your findings based on your analysis. This section is not a list of "I did this, I did this, I did this..." It is easy to fall into the trap of simply describing your findings, but this is not a report. Your findings chapter should comprise informative sub-titles that highlight your findings, alongside some explanation and analysis of what the data reveals. Linking the data back to your analytical/conceptual framework is key since this will show that everything you are doing in your thesis has a logical link as one complete work.

Table and Figure headings: Importance of indicating the Source of Data

We mentioned that it is critical not to plagiarise someone else's work, and this applies to tables and figures in the body of your thesis. The best thing would be to draw the table or figure yourself, but if this is not possible, then it is necessary to cite the source of where you found a particular table or figure. Below is an example of how you can cite a table in the body of your thesis.

논문 쓰기의 나쁜 예 –
"내가 이것을 했고, 내가 이것을 했고, 내가 이것을 했다…"

논문에서 선택한 방법론을 사용하여 모든 데이터를 수집했으면 연구자는 자신의 분석을 기반으로 결과를 작성해야 합니다. 이때 연구자는 "나는 이것을 했고, 나는 저것을 했고, 나는 이것도 했고…"라고 자신의 조사 결과를 나열만 해서는 안 됩니다. 연구자는 단순하게 결과를 설명하고 싶은 함정에 빠지기 쉽지만, 석사 또는 박사 논문은 단순한 보고서가 아닙니다. 우선, 조사 결과 작성 챕터는 조사 결과를 강조하는 유익한 소제목들(subtitles)로 이루어져 있어야 합니다. 그리고 연구자는 데이터를 통해 밝힌 내용을 설명하고 분석한 조사 결과를 이 챕터에 써야 합니다. 이때의 핵심은 결과 데이터를 분석적/개념적 프레임워크에 다시 연결하는 것입니다. 이렇게 해야 논문에서 수행하는 모든 작업이 하나의 완전한 작업으로 논리적인 연결이 되어 있음을 보여줄 수 있기 때문입니다.

표와 그림의 표기 : 자료 출처를 밝히는 것의 중요성

다른 사람의 저작물을 표절하지 않는 것이 중요하다고 이미 언급한 바와 같이, 표절 금지는 논문에 제시한 표와 그림 등에도 적용됩니다. 가장 좋은 방법은 연구자가 직접 표나 그림 등을 작성하는 것이지만, 불가능할 경우 인용한 표와 그림 등의 출처를 밝히는 것이 필요합니다. 다음은 논문에서 표를 인용하는 방법의 한 예입니다.

Table 1.1 – ACGA Corporate Governance Rankings of Asia-Pacific regions between 2010 and 2018

2010	2012	2014	2016	2018
1. Thailand	1. Australia	1. Australia	1. Australia	1. Australia
2. Hong Kong	2. Singapore	2. Hong Kong	2. Japan	2. Hong Kong
3. Singapore	3. Hong Kong	3. Singapore	3. Singapore	3. Singapore
4. India	4. Japan	4. Thailand	4. Hong Kong	4. Malaysia
5. Malaysia	5. Taiwan	5. Taiwan	5. Taiwan	5. Taiwan
6. Taiwan	6. Malaysia	6. Japan	6. Thailand	6. Thailand
7. Philippines	7. Thailand	7. Malaysia	7. India	=7. Japan
8. Korea	8. India	8. India	8. Malaysia	=7. India
9. China	9. China	9. China	9. China	9. Korea
10. Indonesia	10. Korea	10. Indonesia	10. Philippines	10. China
	11. Philippines	11. Philippines	11. Indonesia	11. Philippines
	12. Indonesia	12. Korea	12. Korea	12. Indonesia

Source: constructed by author based on ACGA rankings 2010-2018

Reporting your Findings as an Answer to your Research Question

It may sound easy, but reporting your findings as an answer to your research question can be surprisingly difficult. At this stage, many students only want to highlight their findings to show that they have done a lot of work.

But your supervisor and examiners are less interested in what data you have collected and more in how you interpret it. This means that your interpretation and justification for what your data reveals is the highlight of your findings. Your research findings should be written so clearly that a Grade 9 student can understand them. If you have this in mind, then your writing will be clear enough for your examiners as well.

표 1.1 - 2010-2018년 아시아 태평양 지역의 ACGA 기업지배구조 순위

2010	2012	2014	2016	2018
1. 태국	1. 호주	1. 호주	1. 호주	1. 호주
2. 홍콩	2. 싱가포르	2. 홍콩	2. 일본	2. 홍콩
3. 싱가포르	3. 홍콩	3. 싱가포르	3. 싱가포르	3. 싱가포르
4. 인도	4. 일본	4. 태국	4. 홍콩	4. 말레이시아
5. 말레이시아	5. 대만	5. 대만	5. 대만	5. 대만
6. 대만	6. 말레이시아	6. 일본	6. 태국	6. 태국
7. 필리핀	7. 태국	7. 말레이시아	7. 인도	=7. 일본
8. 대한민국	8. 인도	8. 인도	8. 말레이시아	=7. 인도
9. 중국	9. 중국	9. 중국	9. 중국	9. 대한민국
10. 인도네시아	10. 대한민국	10. 인도네시아	10. 필리핀	10. 중국
	11. 필리핀	11. 필리핀	11. 인도네시아	11. 필리핀
	12. 인도네시아	12. 대한민국	12. 대한민국	12. 인도네시아

출처: ACGA 순위 2010-2018년을 기반으로 연구자가 구성한 표

연구 질문에 대한 답변으로 내어놓는 조사 결과물

연구자는 연구 질문에 대한 답변으로 연구 결과를 보고하는 과정이 쉽다고 생각할 수 있겠지만, 사실, 놀라울 정도로 이 과정은 어려울 수 있습니다. 이 단계에서 많은 연구자는 자신이 많은 일을 했다는 것을 보여주기 위해 "내가 이것을 했고, 내가 저것을 했고, 내가 이것도 했고…"라고 자신의 발견을 강조하기만 합니다.

그러나 지도교수와 심사위원들은 연구자가 수집한 데이터보다는 연구자가 그것을 해석하는 방법에 더 관심이 있습니다. 즉, 데이터가 드러내는 내용에 대한 해석과 정당화가 조사 결과 과정의 하이라이트입니다. 조사 결과는 '중학교 3학년 학생이 이해할 수 있을 만큼 명확해야' 합니다. 그래야 연구자의 글을 처음 접하는 심사위원이 한눈에 이해하기 쉽기 때문입니다.

Remember that it is your interpretation that will add originality and value to your work, and that will earn you your Master's or Doctoral degree.

✳

Market your Findings like you are selling a Product: Adding Value

Here is perhaps the most difficult part: adding value and finding your original contribution. A lot of students will experience the same thing when they embark on a Master's or Doctoral degree; a fluctuation from 'this idea is so new!' to 'why has everything I want to do been done before?' This will occur especially as you carry out the critical literature review. But making an original contribution does not have to be collecting data that has never been done before, or confirming a theory that has never been proven before. It can be the act of looking at a specific set of data differently or applying existing theories to a new set of variables. The important thing is to market your findings as if you are selling a product.

You will often find in the stores a new lipstick that appears to do exactly what all other lipsticks do, but depending on the marketing, you will buy it thinking that that lipstick is the one thing missing in your collection. In other words, two researchers can look at the same data or variables but interpret it differently depending on the type of theory or methodological tool used.

귀하의 작업에 독창성과 가치를 더하고 석·박사 학위를 취득하는 것은 '귀하의 해석'임을 기억하십시오.

❀ 제품을 판매하는 것처럼 연구 결과를 마케팅하기

논문에서 독창적인 가치를 찾는 것이 대부분의 연구자에게는 논문 작성 과정 전체에서 가장 어려운 부분일 것입니다. 많은 연구자가 석사 또는 박사과정 중에 다음과 같은 경험을 할 것입니다. '이 아이디어는 정말 새롭다!', '왜 내가 하고 싶은 것은 남이 이미 다 해놓은 거지?'라고 한 번쯤 생각해보았을 것입니다. 이 경험은 특히 비평적으로 참고 문헌 검토를 수행할 때 발생합니다. 그러나 연구자가 자신의 학문 분야에서 독창적인 기여를 하기 위해 이전에 한 번도 수행된 적이 없는 데이터를 수집하거나 이전에 입증된 적이 없는 이론을 확인해야 하는 것은 아닙니다. 독창적인 기여는 특정 데이터 집합을 조금 다른 방식으로 보거나 기존 이론을 새로운 변수 집합에 적용하는 행위를 통해서도 나타날 수 있습니다. 중요한 것은 연구자가 제품을 판매하는 것처럼 자신의 결과물을 마케팅하는 것입니다.

예를 들어 어떤 이가 새로운 립스틱을 매장에서 발견했을 때, 그 립스틱이 자신이 가지고 있는 다른 립스틱들과 비슷한 것처럼 보일 수 있습니다. 그러나 마케팅에 따라 그 립스틱이 본인의 컬렉션에서 빠진 매우 중요한 제품이라고 생각하여 구매할 때가 있습니다. 이처럼 두 연구자가 동일한 데이터나 변수를 보더라도 사용된 이론이나 방법론적 도구의 유형에 따라 서로 다르게 해석할 수 있습니다.

Clearly, the more you justify why your findings are important and add value to your area of study, the more your research will be valued by other researchers. It all depends on your interpretation, and as long as you can justify it logically and empirically with your data, it can be an original contribution that adds value to your area of study.

연구자가 다르게 해석한 자신의 연구 결과를 보다 중요하게 보일 수 있도록 그 이유를 정당화하고 연구 분야의 가치를 더하는 해석을 내릴수록, 다른 연구자들도 이에 동의하며 연구자의 연구를 가치 있게 평가할 것입니다. 연구자의 연구를 가치 있게 만드는 것은 모두 연구자 자신의 해석에 달려 있습니다. 연구자가 데이터로 그것을 논리적이고 경험적으로 정당화할 수 있게 되면, 연구자의 연구는 그의 학문 영역에 가치를 더하는 독창적인 기여가 될 것입니다.

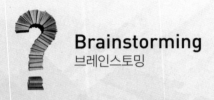

Brainstorming
브레인스토밍

Bullet point your keywords as subtitles from your findings.
당신의 조사 결과를 소제목으로 만들어 나열해보십시오.

_____

_____

_____

_____

_____

How would you explain your research findings to a Grade 9 student?
당신의 조사 결과를 중3 학생이 이해할 수 있도록 간단하고 명확하게 설명해보십시오.

_____

_____

_____

_____

_____

VII

Writing up your Summary and Conclusions

요약 및 결론 작성

✤
Difference between a Summary and a Conclusion

Many students cannot tell the difference between a 'summary' and a 'conclusion'. A summary is a statement or account of your main findings. Your conclusion is your final analysis and review of your research question, and it also fulfills the function of acting as the mirror image of your introduction. In the introduction, you stated that you plan to do this and that. In your conclusion, you need to return to those statements and tick off the list that you have done what you said you would do. It is also the chance to highlight your contributions and implications that arise as a result of your findings, and lastly any potential limitations and suggested directions for further research on your topic.

✤
Summary of Key Findings

The concluding sub-chapter to your findings should have provided a summary of what you found. However, it is useful to have a summary section before your conclusion, especially if you dedicated more than one chapter to your findings. The point is to remind the reader once again of what you found, what this means, and your interpretation and justification of why this is important. This does not have to include repetition of everything you did, but only the key findings that are important and interesting. This is also where you can sell your research!

✸ 요약과 결론의 차이점

많은 연구자가 '요약'(summary)과 '결론'(conclusion)의 차이를 구분하지 못합니다. 요약은 주요 결과에 대한 진술 또는 설명입니다. 이와 달리 결론은 연구 질문에 대한 최종 분석이자 검토이며 또한 논문 서론 부문과 대조되는 거울 이미지 구실을 합니다. 연구자는 서론에서 이미 '무엇'을 '왜' 연구할지에 대한 계획을 나열했습니다. 결론적으로, 연구자는 서론에서 연구하겠다고 계획한 일을 결론에서 완료했다고 목록에 체크 표시를 할 수 있어야 합니다. 결론 챕터는 연구의 결과로 발생하는 기여와 시사점을 강조하는 부분입니다. 그리고 마지막으로 해당 주제에 대한 한계나 추가 연구를 위한 제안을 언급할 기회로 사용되는 부분이기도 합니다.

✸ 주요 결과 요약

조사 결과에 대한 결론 챕터에서 연구자는 발견한 내용에 대한 요약을 먼저 제공해야 합니다. 그러므로 결론을 내리기 전에 요약 부분을 따로 쓰는 것이 유용합니다. 특히 연구 결과에 대해 한 챕터 이상을 할애한 경우에는 더욱 그렇습니다. 요점은 지도교수와 심사위원에게 연구자가 발견한 것과 이것이 의미하는 바, 이것이 왜 중요한지에 대한 연구자의 해석과 정당성을 다시 한번 이 챕터에서 상기시키는 것입니다. 요약 부분은 연구자가 수행한 모든 작업을 반복하여 설명하는 곳이 아니고, 중요하고 흥미로운 주요 결과만 설명하는 곳입니다. 이 부분은 또한 연구자의 연구를 실질적으로 홍보할 수 있는 곳이기도 합니다!

Major Contributions:
Theoretical, Methodological, Empirical, Originality

Having conducted a Master's or Doctoral level research, you would have made some academic contributions to your field of study. The major contributions section is where you can remind your reader of the theoretical, methodological, empirical, and original contributions you made through your work.

First, your theoretical contribution can comprise how you applied, developed, or extended existing theory through your analytical/conceptual framework. This part is where you can list the contributions you made to the existing literature by having applied or extended specific theories.

Second, your methodological contribution involves a new methodological model that you introduced that goes beyond existing methodologies. A reminder that not all theses make methodological contributions, so be aware to differentiate this with your empirical contribution.

Third, an empirical contribution is an evidence-based quantitative, qualitative, or mixed-method analysis that advances your area of study. This comprises how your collected data confirms new or existing theories differently.

All this comprises your original contribution, but it will not be made known to your supervisor or examiners unless you state it clearly. You did a lot of work, so show it off!

❀
주요 기여:
이론적, 방법론적, 경험적, 독창적

석사 또는 박사 수준의 연구를 수행했다면 분명 연구자는 연구 분야에 약간의 학문적 기여를 한 것입니다. 결론 챕터에서 주요 기여 부분은 연구자가 수행한 이론적, 방법론적, 경험적, 독창적인 기여를 지도교수와 심사위원에게 상기시킬 수 있는 곳이어야 합니다.

첫째, 이론적 기여는 연구자가 특정 이론을 적용하거나 확장하여 기존 문헌에 기여한 내용을 나열하는 부분입니다. 연구자는 분석적/개념적 프레임워크를 통해 기존 이론을 어떻게 적용, 개발 또는 확장했는지를 언급함으로써 연구자의 이론적 기여를 드러냅니다.

둘째, 방법론적 기여입니다. 여기에는 기존 방법론을 뛰어넘는 새로운 방법론적 모델이 포함됩니다. 모든 논문이 방법론적 기여를 하는 것은 아니므로 이를 경험적 기여와 구분해야 합니다.

셋째, 경험적 기여는 연구 분야를 발전시키는 증거 기반의 양적, 질적 또는 혼합 방법을 사용한 기여입니다. 이는 연구자가 수집한 데이터가 새로운 이론 또는 기존 이론을 다른 방식으로 확인하는 방법으로 구성됩니다.

이 모든 과정은 연구자의 독창적 기여로 구성되지만, 연구자가 명확하게 명시하지 않는 한 지도교수와 심사위원은 이를 알기 어렵습니다. 그러므로 연구자 여러분, 지금까지 많은 수고를 했으니 당신의 학문적 기여를 마음껏 보여주십시오!

Implications: Managerial, Policy, Theory, and Practice

The outcome of your research will lead to specific implications that are important for management, policy, theory, or practice. Not all the above will apply to your research, but it is good practice to consider at least two types of implications that arise as a result of your findings.

First, managerial implications summarise what your findings mean in terms of actions. They describe what action should be taken in response to your findings, particularly on the managerial level.

Second, policy implications include macro-level recommendations that can be posed to policymakers. They comprise suggestions such as how your research can influence existing systems on the regional, state, or federal level.

Third, theoretical implications can either confirm or reject your research hypothesis based on existing theory.

And fourth, practical implications comprise of what would occur if certain conditions are fulfilled as posed by your findings. Hence, your implications are your conclusions drawn from your data and analysis that need to be highlighted in much detail.

시사점: 경영, 정책, 이론, 실천

연구자의 연구 결과는 앞으로 경영, 정책, 이론, 실천 측면에서 큰 영향을 끼쳐야 합니다. 물론 연구자의 연구가 경영, 정책, 이론, 실천 측면 모두에 적용되는 것은 아니지만, 연구자의 연구 결과는 최소 두 가지 유형에는 영향을 끼쳐야 함을 기억하십시오.

첫째, 경영 측면에서의 시사점(managerial implications)은 연구자의 발견이 행정 조치 측면에서 기여하는 바를 말합니다. 특히 연구자의 연구가 경영 측면에서 연구 결과에 따라 취할 수 있는 행정 조치가 무엇인지 설명합니다.

둘째, 정책 측면에서의 시사점(policy implications)은 정책 입안자에게 제시할 수 있는 거시적 수준의 권고를 말합니다. 여기에는 연구자의 연구가 지역, 주, 또는 연방 수준의 기존 시스템에 어떻게 영향을 미칠 수 있는지와 같은 제안이 포함됩니다.

셋째, 이론 측면에서의 시사점(theoretical implications)은 기존 이론에 기반한 연구 가설을 연구자의 연구 결과를 통해 입증하거나 반증하는 것입니다.

넷째, 실제적 측면에서의 시사점(practical implications)은 연구 결과에 따라 특정 조건이 충족되면 어떤 일이 발생할지에 대한 예측을 할 수 있다는 것입니다. 따라서 논문의 시사점이라는 것은 한마디로 데이터 및 분석에서 도출된 결론으로 학문적 기여를 이루는 부분입니다.

Limitations and Suggested Future Directions of Research

The final part of your thesis is pointing out the limitations of your methodology and data, and to suggest future directions of research on your topic that can be conducted at a later date by either yourself or others. Limitations naturally involve the issue of time, space, and people, since data collection and sample selection would not have been readily available at your leisure. Being as precise as possible is good, although this should not be a long list of "I could have done this, I did not do this, I should have done this…"

Instead, this section should comprise what you would do if you could conduct your research all over again. In other words, you should know by this stage what went wrong and what could have been done better. It is not uncommon for students to throw away pages after pages of written work, as well as a mountain of data that never made it to the final draft. Taking this into consideration, the suggested future directions of research should be in report format of how you think your research methodology, data, or conceptual framework can be applied or extended to conduct further research, whether it be on your topic or another.

연구의 제한성과 향후 연구 방향

논문의 마지막 부분은 연구의 방법론과 데이터의 한계를 지적하고 나중에 자신이나 다른 사람이 수행할 수 있는 주제에 대한 향후 연구 방향을 제안하는 것입니다. 논문을 위한 데이터 수집 및 표본 추출은 짧은 시간에 쉽게 할 수 있는 과정이 아니기에 시간, 공간 및 인력 측면에서 한계가 있습니다. 가능한 한 정확하게 자신의 연구의 한계를 밝히는 것이 좋지만, "나는 이것을 할 수 있었다, 나는 이것을 하지 않았다, 나는 이것을 했어야 했다…."와 같이 나열하는 것은 좋은 방법이 아닙니다.

만약 연구를 다시 수행한다면, 연구자는 논문을 작성하는 과정에서 어떤 단계에서 무엇이 잘못되었고 무엇을 더 잘할 수 있었는지 정확히 직시하고 알아야 합니다. 그동안 연구자는 연구를 수행하면서 엄청난 데이터를 수집했을 것입니다. 연구자가 작성한 초고와 최종 논문 내용에 들어가지 못한 산더미 같은 데이터를 버리는 것은 사실 드문 일이 아닙니다. 이를 고려하여 연구자는 향후 연구 방향을 제시해야 합니다. 향후 연구 방향은 연구 방법론, 데이터 또는 개념적 프레임워크를 가지고 추가 연구를 수행하기 위해 어떻게 적용하거나 확장할 수 있다고 생각하는지에 대한 보고서 형식이어야 합니다.

Suggestions can simply be to collect more data or to have more variables, or to apply your analytical/conceptual framework to a different geographical location. Since your research will by no means be the end of a particular field, this section should provide some suggestions that build on your findings or reassess your methodologies. This is also where you can protect yourself during your examination from not conducting these suggested methods in your research.

향후 연구에 대한 제안이 복잡할 필요는 없습니다. 향후 연구에 대한 제안이 더 많은 데이터를 수집하거나 더 많은 변수를 갖거나 분석적/개념적 프레임워크를 다른 지리적 위치에 적용하는 것일 수도 있습니다. 연구자의 연구가 특정 분야의 끝은 아닙니다. 그렇기에 연구자는 이 부분에서 자신의 발견을 기반으로 향후 수행할 수 있는 새로운 연구를 제안하거나, 현재의 방법론을 재평가하기 위해 몇 가지 제안을 하는 내용으로 구성하기도 합니다. 그리고 연구자가 자신의 연구에서 있을 수 있는 제한성을 밝히는 것은 앞으로 논문 심사 때 자신이 수행하지 않은 여타 방법론에 대해 자신을 보호할 수 있는 방패가 되기도 합니다.

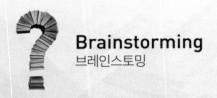

Brainstorming
브레인스토밍

What is the difference between a contribution and implication?
연구 기여와 시사점이 어떻게 다른지 설명해보십시오.

Why is 'justification' important in a thesis?
'정당화' 과정이 논문에서 왜 중요한지 설명해보십시오.

VIII

Final Tips on the Writing-up Process

성공적인 논문을 위한 꿀팁

So, there you have it! Hopefully, this would have provided you with some idea of how to plan and structure your thesis. The final section of this book is focused on tips for when you are writing up your thesis from broad to general suggestions. Every Master's and Doctoral theses are different, and every thesis must be unique and original. However, there exists such a thing as a standard thesis format that your supervisor and examiners expect to see, as this book endeavoured to provide.

Remember that your supervisor is always there to help you during this process, and this is a co-production. This is especially true of Doctoral degrees. So be courageous, be excited, and earn your Master's or Doctoral degree!

❀

Start with your Research Question, End with your Research Question

This cannot be emphasised enough. Your plan should have begun from a question, a problem, an observation of a phenomenon that does not have a straightforward answer. From this, you should develop an overarching research question that summarises what you intend to research. This research question should pierce through your entire thesis to your conclusion. It is no exaggeration to say that your entire thesis is based on your overarching research question. So, start with your research question, have it on the back of your mind at all times, and end by returning to your research question.

여기까지입니다! 논문을 쓰는 연구자들이 이 책을 통해 논문을 계획하고 구성하는 방법에 대해 여러 아이디어를 얻었기를 바랍니다. 이 책의 마지막 부분은 광범위한 제안에서부터 일반적인 제안에 이르기까지 논문을 작성할 때의 팁에 중점을 두고 기술하겠습니다. 모든 석사 또는 박사과정은 각각 다르며, 모든 논문은 독특하고 독창적이어야 합니다. 그러나 이 책이 제공하고자 하는 바와 같이 지도교수와 심사위원들이 공통으로 인정하는 표준 '논문' 형식이라는 것이 존재합니다.

연구자 여러분, 지도교수는 연구자가 석사 또는 박사과정을 잘 수행할 수 있도록 항상 도움을 주기 위해 존재하는 분이라는 사실을 기억하십시오. 논문은 연구자와 지도교수의 공동 작업입니다. 박사과정은 더욱 그렇습니다. 그러니 지도교수를 믿고, 용기를 내고, 힘을 내어 당신의 학위를 취득하십시오!

❀

"논문 연구는 질문에서 시작하여 질문으로 끝난다!"

'연구 질문'의 중요성은 아무리 강조해도 부족하지 않습니다. 논문의 계획 단계는 질문, 문제, 직접적인 답이 없는 현상의 관찰에서부터 시작되어야 합니다. 그 시작에서 연구자는 앞으로 연구하려는 것을 요약하는 포괄적인 연구 질문을 개발해야 합니다. 그리고 연구자의 연구 질문은 계획 단계에서부터 결론에 이르기까지 전체 논문을 관통해야 합니다. 석사 또는 박사 학위는 가장 중요한 연구 질문에 기반을 둔다고 해도 과언이 아닙니다. 따라서 연구자는 연구할 때 연구 질문에서 시작하고, 항상 연구 질문을 마음에 품고, 연구 질문으로 돌아가고 또 돌아가야 합니다.

Six Cs: Compare, Critique, Creative, Clarity, Comprehensive, Contribution

Remember the six Cs when conducting your research. The six Cs are Compare, Critique, Creative, Clarity, Comprehensive, and Contribution. You have to have every one of those Cs to successfully submit your thesis for examination.

You must compare and critique throughout the critical literature review, when choosing theories and applying methodologies, when collecting data, and even in analysing your findings. Only then will you have produced something creative that can add value as an original contribution to your area of study. During this process, your writing must be clearly communicated to your reader, since there is no point putting in all the hard work if no one can understand it.

At the Master's or Doctoral level, you are expected to produce a comprehensive piece of work that deals with a large amount of information in your field, although this does not mean that you must mention everything on that topic. And finally, the concluding chapter should address your contributions that arise as a result of conducting your research. Therefore, remember to have all six Cs!

Expect your writing to be rejected and revised multiple times

The hardest part of Doctoral studies is writing pages after pages of something that is rejected or told to be revised by your supervisor.

월등한 논문을 위한 6C: 비교, 비평, 창의, 명확, 포괄, 기여

연구자 여러분, 연구를 수행할 때에는 6C를 기억하십시오. 6C는 비교(compare), 비평(critique), 창의(creative), 명확(clarity), 포괄(comprehensive), 기여(contribution)입니다. 논문 심사를 위해 논문을 성공적으로 제출하려면 해당 6C를 모두 가지고 있어야 합니다.

참고 문헌을 검토하는 과정을 수행할 때, 이론을 선택하고 방법론을 적용할 때, 데이터를 수집할 때, 심지어 결과를 분석할 때에도 연구자는 끊임없이 '비교'하고 '비평'해야 합니다. 그래야만 자신의 연구 분야에 독창적인 학문적 기여로 가치를 더할 수 있는 '창의'적인 무언가를 생산할 수 있습니다. 이 과정에서 연구자의 글은 '명확'하게 전달되어야 합니다. 아무도 이해하지 못하는 글을 쓴다면 그 큰 노력을 기울일 가치가 없기 때문입니다.

석사 또는 박사과정에서는 해당 분야에서 많은 양의 정보를 다루는 '포괄'적인 작업을 수행해야 합니다. 그렇다고 해서 해당 주제에 대한 모든 정보를 다루어야 한다는 것은 아닙니다. 마지막으로 결론에서는 연구 수행의 결과로 발생하는 학문적 '기여'를 포함해야 합니다. 그러므로 6개의 C를 모두 논문 과정에 넣어야 한다는 것을 기억하십시오!

논문 원고는 여러 번 퇴짜맞고 수정될 것을 예상해야 합니다.

박사과정에서 연구자들이 가장 두려워하는 것은 심혈을 기울여 쓴 글을 지도교수가 지우거나 수정하라고 하는 부분입니다.

Students often fall into the trap of thinking that they have to produce excellent work that requires no revision at all on their first try. That is not the case. Again, this is not like school! You have voluntarily embarked on a Doctoral level study where you are paying tuition fees to be told by your supervisor that you are doing it wrong. You will only receive your Doctoral degree after being told a hundred or so times, "no, no, no." So, expect your writing to be rejected and revised multiple times. That is what this process is for.

❋

Communicate with your supervisor on a regular basis

It can be daunting to schedule meetings with your supervisor if you feel that you have not done enough, or written enough. But think of it this way; your research is supposed to be produced by two (or more) people – you and your supervisor(s) – but only your name comes out on the cover at the end. That is why it is comparably easier to write a thesis than a book for which you have to take full responsibility. Therefore, communicating with your supervisor and asking for help regularly is a privilege especially if you are going through a difficult patch. In any case, your university policy will require you to schedule meetings with your supervisor regularly.

연구자들은 지도교수에게 처음 제출하면서 수정이 전혀 필요 없는 훌륭한 작품을 자신이 만들어야 한다는 착각에 빠지는 경우가 많습니다. 하지만 그것은 절대로 현실에서 일어날 수 있는 일이 아닙니다. 다시 말하지만, 박사과정은 칭찬만 듣는 학교가 더 이상 아닙니다. 연구자는 지도교수에게 "못하고 있다, 부족하다, 다시 써 오십시오."라는 말을 듣기 위해 수업료를 지불하는 박사과정에 자발적으로 입학한 것입니다. 박사 학위는 "아니오, 아니오, 아니오."라는 말을 백 번 정도 들은 후에야 받을 수 있습니다. 따라서 연구자의 글이 여러 번 퇴짜맞고 수정될 것을 기꺼이 예상해야 합니다. 그것이 바로 박사과정의 꽃입니다.

❀

지도교수와는 정기적으로 의사소통을 해야 합니다.

연구자가 아직 충분히 연구하지 않았거나 쓸 만한 글을 작성하지 못하고 있는 상태라면 지도교수와 미팅을 잡는 것이 어려울 수 있습니다. 그러나 이렇게 생각해보십시오. 논문은 연구자와 지도교수 두 사람(또는 그 이상)이 함께 작성하는 것이지만 최종 논문의 표지에는 논문을 쓴 연구자의 이름만 나옵니다. 그렇기에 연구자가 전적으로 혼자 책임져야 하는 책을 쓰는 일보다는 '논문을 쓰는 것이 훨씬 더 쉬운 일'입니다. 평상시에도 지도교수와 늘 상의하면서 논문을 진척시켜야 하지만, 특히 논문을 쓰는 과정 중에 어려운 상황을 겪고 있는 경우에는 지도교수와 정기적으로 의사소통하는 것이 중요합니다. 다행인 것은, 어차피 대학 정책에 따라 논문을 쓰는 연구자는 반드시 정기적으로 지도교수와 미팅을 잡아야 한다는 규칙이 있다는 사실입니다.

Find a time and place that works best for you when writing

Students often give the excuse that they cannot concentrate in certain places or at a specific time. Then, find a time and place that works best for you when writing! No one can or will write your thesis for you. Particularly when you reach the end of your writing-up process, it is essential to find a time and place that will allow you to concentrate for hours. However, it is equally important for you to allow yourself to rest. This is a marathon, not a sprint. Experiment to find when your best working hours and places are, and remember to treat yourself after long hours of work.

Final Proofreading

There will come a point when you will no longer be able to see any grammatical mistakes or typing errors in your work and this is where professional copy-editing or proofreading can come in very helpful.

We recommend two steps (use both if possible).

The first is to use online services such as Grammarly (www.grammarly.com) or other online services that offer grammar and error checks (www.writer.com/grammar-checker/). Running your document using these programmes will help you to spot grammatical and spelling errors, but they will not be enough in terms of providing feedback on your argument or other suggestions.

논문을 쓸 때는 나에게 맞는 가장 적합한 시간과 장소를 찾아야 합니다.

연구자들이 논문을 진척시키지 못했을 때 흔히들 하는 변명 가운데 하나는 특정 장소나 특정 시간에는 집중하지 못했기 때문이라는 것입니다. 연구자 여러분, 글을 쓸 때 가장 컨디션이 좋은 적합한 시간과 장소를 미리 찾으십시오! 아무도 연구자를 대신해 논문을 쓸 수 없고, 쓰지도 않을 것입니다. 특히 논문 작성이 끝나가는 시기에는 몇 시간 동안이고 집중할 수 있는 시간과 장소를 찾는 것이 중요합니다. 또한, 스스로 휴식을 취하는 것도 마찬가지로 중요합니다. 논문 작성 과정은 단거리 경주가 아니라 마라톤이기 때문입니다. 연구자 여러분, 장시간 글을 쓸 수 있는 가장 좋은 시간과 장소를 찾기 위해 여러 시도를 하고 또 자신에게 휴식을 주는 것도 잊지 마십시오.

❀
마지막 교정 보기

연구자는 논문을 마무리할 단계에서 더 이상 글에서 문법적 실수나 오타를 찾을 수 없게 되는 시점을 맞이하게 됩니다. 이때가 되면 전문적인 교정을 받는 것이 매우 도움이 됩니다.

두 가지 방법을 추천합니다(두 가지 방법을 모두 사용하면 더 좋습니다).

첫째는 '그래멀리'(Grammarly) 〈www.grammarly.com〉와 같은 온라인 영문법 검사 서비스나 문법 및 오류 검사를 제공하는 기타 온라인 서비스 프로그램(www.writer.com/grammar-checker/ 등)을 이용하는 것입니다. 그런데 이러한 프로그램을 실행하면 문법 및 철자 오류를 찾는 데에는 도움을 받겠지만, 연구자의 주장 자체에 대한 피드백을 받을 수는 없습니다.

The second is to get someone to check your document for you. Regardless of whether or not you are submitting your thesis in your native language, it is always a good idea to get someone to go through your work. Just remember to ask for someone in academia or training in academic writing to check your thesis because thesis-writing is a very specific type of writing. You can ask your supervisor to recommend a professional copy-editor or you can opt to switch documents with another student. If you decide to get professional assistance, prices can vary so don't feel pressured to go forth with a particular service if it is beyond your monetary means.

Also, remember that although you are paying for feedback, you are not obliged to accept every piece of advice. Be wise about how to respond to the advice and make a decision on whether and how it can be best applied.

❀

Ask your supervisor for a good (completed) thesis to use as a template

It can be helpful to examine a good (completed) thesis to use as a template. You will also be able to locate completed theses in your university library. Since this book cannot (and does not pretend to) provide a full A to Z of what your department's thesis should contain, it is useful to have a completed thesis at hand as a reference. The reason why it can be better to ask your supervisor is that you need their approval to submit your thesis for examination, and they are likely to suggest a thesis that meets their standard.

둘째, 타인에게 자신의 논문을 읽어달라고 하는 것입니다. 어떤 언어로 논문을 작성했는지 여부에 관계 없이 항상 누군가에게 연구자의 글을 읽어 달라고 하는 것이 좋습니다. 논문 작성은 매우 특정한 유형의 '글쓰기'이기 때문에 학계 또는 논문 작성 훈련을 받은 사람에게 논문을 확인하도록 요청 해야 합니다. 지도교수에게 전문 편집자를 추천해달라고 요청하거나 다른 연구자와 논문을 교환하는 방법도 있습니다. 전문적인 논문 검토에는 사실 큰 비용이 들어갈 수 있습니다. 연구자가 전문적인 서비스를 반드시 받아야 한다는 압박감을 가질 필요는 없습니다.

또한, 연구자가 논문을 검토한 다른 이들의 모든 조언을 다 받아들일 의 무는 느낄 필요 역시 없습니다. 조언에 대응하는 방법에 대해 현명하게 생 각하고 어떠한 조언을 자신의 논문에 적용할 것인지 그 여부와 방법에 관한 결정은 연구자 본인이 내려야 합니다.

✸

지도교수에게 모범이 될 좋은(완성된) 논문 소개를 요청하십시오.

연구자는 모범이 될 만한 좋은(완성된) 논문을 보는 것으로 자신의 논문 구 조를 잡는 데 도움을 받아야 합니다. 사실 월등한 수준으로 완성된 논문은 대 학 도서관에서도 충분히 찾을 수 있습니다. 연구자 여러분이 《석·박사 논문 작성법 꿀팁》 책을 읽는다고 해서 모든 학과 논문에 포함되어야 하는 내용의 A에서 Z를 다 알 수는 없습니다(그러는 척도 하지 않겠습니다). 그러니 연구자는 자신의 분야에서 참조용으로 삼을 만한 좋은(완성된) 논문을 가까이에 두고 도움을 받아야 합니다. 이것이 유용합니다. 이때 모범이 될 만한 논문을 지 도교수에게 문의하는 것이 좋습니다. 그 이유는 연구자가 심사를 위해 논문 을 제출하기 위해서는 지도교수의 승인이 필요하기 때문입니다. 지도교수는 본인의 기준에 맞는 논문을 제안할 가능성이 아주 큽니다. 지도교수는 연구 자가 그 기준에 맞추어 논문을 완성하기를 바랄 것이기 때문입니다.

On a final note, we would like to comfort prospective and current researchers that no one, we repeat, no one, is born with a natural talent to write a thesis. It can be daunting during your studies when your fellow researchers seem to be rushing ahead, but in truth, they do not fully know what they are doing either. So do not be depressed thinking that you are the only one who does not understand the thesis writing-up process. We have all been there, and it is only natural to think like this.

To current and prospective Master's and Doctoral researchers who will be forced to befriend 'solitude' as you write your thesis, the very best of luck!

마지막으로 미래 그리고 현재 논문을 쓰는 연구자들에게 꼭 전하고 싶은 팁이 있습니다. 그것은 아무도, 절대로, 논문 작성에 있어서 타고나는 사람은 없다는 것입니다. 함께 공부하는 연구자들이 자신보다 서둘러 앞으로 나아간다는 생각에 초조할 수 있지만, 사실 그들도 무엇을 해야 하는지 정확하게 모릅니다. 그렇기에 자신만 이 힘든 과정을 견디고 있다는 생각은 하지 않기를 바랍니다. 우리를 포함해 석사와 박사 학위를 취득한 모두 그 과정을 견뎌왔고, 그 과정은 너무나 자연스러운 것입니다.

'고독'을 벗 삼아 석사과정과 박사과정의 논문을 쓰고 있는, 그리고 앞으로 쓸 예정인 연구자 여러분 모두에게 진심을 담아 행운을 빕니다!